Isabella Blue

Stories Inside

Ein bisschen Gefühl

Bibliografische Information der Deutschen Nationalbibliothek:
Die Deutsche Nationalbibliothek verzeichnet diese Publikation in der
Deutschen Nationalbibliografie, detaillierte bibliografische Daten sind im
Internet über http://dnb.dnb.de.abrufbar.

© 2016 Isabella Blue

Umschlaggestaltung: Isabella Blue

Foto: b-lighted

Herstellung und Verlag:
BoD - Books on Demand, Norderstedt

ISBN: 9783741283956

Für dich.

Inhalt

Prolog ... oder ...

Wie man seine Träume realisiert	13
Die Tasse mit dem Sprung	19
Dein Bild zerfällt	23
Müde	24
Und dann glaubst du es selbst	26
Verzeihung	28
Der leere Bilderrahmen	29
Grosse Erwartungen	31
Flashbacks	33
Keine Worte	35
Wenige Sekunden	36
Stark sein	37
Nicht genug	38
Ein Spiel für den Schein	39
Verlieren	40
Seelenverwandt	41
Was würde ich tun	42
Niemand sieht das Spiel	44
Meine Melodie	45
Die laute Stille	46
Die nächtliche Flucht	47
Die Gratwanderung	48
Weil ich nie aufhören werde	50
Zeit	52

Angst	53
Die Umarmung	54
Der Klang der Stille	56
Was sie in der Stille hört	57
Gedankenkarussel	60
Unachtsam	62
Das Gefühl der Welle	64
Es waren einmal Seelenpartner	66
Durch meine Augen	68
Guten Morgen. Gute Nacht.	70
Wenn es anders wäre	71
Erdbeben	73
Glaubwürdig	74
Himmlische Worte	76
Tränen	78
Der Diamant	80
Sein ewiges Geheimnis	82
Ich will das nicht	84
Stille Post	86
Der Rausschmiss	88
Vergessen	90
Die Sache mit den Grenzen	93
Der Ratschlag	95
Ihre Welt	97
Du bist mein Minenfeld	99
Der Ort in meiner Seele	100

YOU'RE GONE	101
UNERREICHBAR	103
FREMD	105
DIE KORREKTUR DES SCHICKSALS	107
BITTE	109
DIE ABRISSBIRNE	111
SPÜRE ICH DICH?	113
AUFGEBEN	115
ES TUT MIR LEID	117
AUFGEBRAUCHTES GLÜCK	119
VERSTECKEN	121
ZEITZONE	123
DIE PRÜFUNGEN	125
DAS SCHWERT	126
WENN DU WÜSSTEST	127
IN SEINER ERINNERUNG	130
DIE ÜBERTRAGENE ANGST	132
DIE ERINNERUNG	136
ICH DENKE NICHT AN DICH	138
DAS GEFÜHL	140
AUF DER BRAUNEN LEDERCOUCH	142
LASS MICH NICHT AN SEIN GESICHT DENKEN	145
SCHWEIGENDE EXPLOSION	147
DIE EINSAME BUCHT	148
DIE GEIGE OHNE SAITEN	150
DAS GEFÜHL IN DER MELODIE	153

Ein Teil von dir war mein	154
Wer bist du nur?	156
Mit Blumen im Haar	158
Die Geschichten anderer Menschen	161
Wo auch immer du hingehst	163
Der Sklave deiner Vergangenheit	165
Eine neue Seite von mir	168
Seelengeflüster	170
Die Versionen von uns	172
„Ich bin nicht safe"	174
Betäubt	177
Heimweh	180
Die Prophezeihung	182
Das Bild übermalen	185
Ich habe dich auserwählt, mich zu retten	187
Ich kann hier nicht bleiben	189
Absolution	191
Erobert	193
Suche mich im Zwiespalt	195
Das Ende der Welt	196
Was du nicht sagst	198
Das Eselsohr in meinem Buch	200
Nein sagen	202
Was ich will	204
Ich habe es den Sternen erzählt	206
818 Meilen	208

SCHWER ZU LIEBEN	210
DER GEHEIME GARTEN	212
DIE GEFAHR DES SCHREIBENS	214
ODE AN DIE KREATIVITÄT	217

Prolog ... oder ...

Wie man seine Träume realisiert

Schreiben war schon immer meine Leidenschaft. Alle Arten von Texten schrieb ich in meine Notizbücher, auf lose Zettel, und tippte sie in mein Handy. Kurzgeschichten, Kurzromane, Gedanken oder Liedertexte und Gedichte. Und immer schon wollte ich ein Buch daraus machen. Was mir als ziemlich utopischer Traum erschien, wurde immer klarer, je älter ich wurde. Einmal in meinem Leben ein Buch zu schreiben. Mein persönlicher Traum.

Ich schrieb so dahin und hatte eigentlich kein Ziel. Stellte ab und zu eine Kurzgeschichte in einen Blog, den ich kaum jemandem zeigte. Ich wollte nicht, dass die Geschichten, die mein Innerstes ausdrücken von meinen Freunden und Bekannten, oder von meiner Familie gelesen wurden. Doch was macht einen Autor aus? Ein Autor darf sich nicht davor fürchten, was andere von seinen Worten halten. Jeder Künstler verdeutlicht sein Innerstes in seinen Werken. Ob es nun ein Musiker ist, der in seiner Melodie und seinen Songtexten etwas preisgibt, ein Maler, der mit den Farben seines Herzens spielt, oder ein Holzschnitzer, der der Materie sein ganzes Gefühl schenkt.

Als Teenager sah ich in einer Fernsehsendung einen Ausschnitt, der mir bis heute ganz besonders in Erinnerung blieb. Die Sendung war eher mäßig, jedoch ging es primär um eine junge Frau, die in eine einsame Hütte fuhr, um sich von der Zivilisation abzuschotten. Die Ruhe suchte und ohne Ablenkung einfach nur schreiben wollte. Sie quartierte sich in einer wunderschönen kleinen Holzhütte am See ein, machte sich einen heißen Tee, packte sich in eine warme Decke und machte es sich auf der hölzernen Veranda mit ihrem Laptop gemütlich. Der Blick auf den See versprach Ruhe und Geborgenheit. Der perfekte Ort, an dem sie ihrer Kreativität freien Lauf lassen konnte. Der Rest der Geschichte war ganz und gar nicht ruhig und ich muss gestehen, dass ich mich daran nur mehr vage erinnern kann. Aber diese Szene in dieser Umgebung ließ mich nicht mehr los. Genau das wollte ich auch! Vor meinem geistigen Auge sah ich mich an einem solchen Ort. Auf der Veranda einer einsamen Holzhütte im Wald, mit einem wunderschönen blauen See direkt vor der Tür. Bäumen, die sich im Rhythmus des Windes bewegten und ein paar Enten, die auf dem See ihre Runden drehten. Und mich sah ich in einer kuscheligen Decke in einem Schaukelstuhl auf dieser Veranda sitzen. Mit einem heißen Kakao und meinem Laptop. Vielleicht sogar nur mit Stift und Notizbuch. Hier wollte ich mich sammeln, meine Gedanken ordnen und aufschreiben.

Ich machte mich auf die Suche nach dem idealen Platz, sodass ich mein Buchprojekt in Angriff nehmen konnte. Das Ziel: Alle meine Geschichten und Ideen so zu finalisieren, dass ich innerhalb eines Jahres ein Buch vorweisen kann. Und ich suchte nach diesem Ort, der so klar und deutlich in meinem Kopf war.

Doch das Schicksal wollte nicht, dass ich mich in die Einsamkeit einschließe. Es schickte mich auf die Suche nach mir selbst, anstatt auf die Suche nach dieser Veranda. Und zwischendurch wurde das Bild der Veranda verrückt. Mein Bild wechselte von einem Berggipfel, zu einem Strand, zu einem Felsen, zu einer einsamen Wiese, bis hin zu meinem Balkon. Ich zog mich zurück auf einen Berg, wo ich in einem Zimmer, das wunderbar nach Zirbenholz duftete meine Gedanken ordnete. In absoluter Stille. Doch ich hatte nicht erwartet, dass in der absoluten Stille meine Gedanken so laut werden würden. Sie wurden so laut, dass ich nicht schlafen konnte, ich konnte nicht mal unter der Dusche stehen und das Wasser rauschen hören, ohne meine Gedanken schreien zu hören, die sich wie kleine Nadelstiche in mein Bewusstsein bohrten. Es war zu leise.

Ich zog mich zurück auf eine Wiese im Sonnenschein. Ein idyllischer Gedanke, der für eine Zeit gut ging. Jedoch dachte ich nicht an die Hitze der Mittagssonne, und an die Insekten, die mich als Abenteuer auserkoren hatten. Ich flüchtete mit meinem Notizbuch, das ich zuvor von neugierigen Ameisen befreien musste. Ich saß auf einem großen Felsen und blickte in eine Meeresbucht. Bis die Touristenströme kamen und mich mit meinem Notizbuch als Fotomotiv gar nicht so unattraktiv fanden. Ich saß mit einem Strandtuch in einer einsamen Bucht und machte es mir in einem Felsspalt gemütlich. Hier schaffte ich es, für mehrere Stunden ungestört zu sein, zu schreiben, und mich von meinen Gefühlen und Gedanken leiten zu lassen. Bis sich der spitze Felsen unter mir buchstäblich in mein Fleisch bohrte ...

Ich setzte mich mit meinem Laptop in ein hippes Strandcafé, das im Vorbeischlendern immer ruhig und entspannt aussah. Als ich dort war, dröhnte die Musik in meinen Ohren, Sand flog auf mein neu erworbenes Notebook und ich war alles andere als entspannt. Ich tippte meine Geschichte ein, als wäre es ein Schnellschreibwettbewerb, trank meinen Caffé Latte aus und suchte erneut das Weite. Und so sehr ich den Sand zwischen meinen Zehen und auf meiner Haut liebe, ich hasse ihn auf meinem Werkzeug. Auf meinem Stift, in meinem Notizbuch und zu allererst auf meinem Laptop. Diese Werkzeuge helfen mir, mich auszudrücken, mich verständlich zu machen und meine Gedanken zu sortieren. Meine treuen Begleiter waren im vergangenen Jahr stets bei mir. Mein Notizbuch wurde nass, schmutzig, bog sich in der Hitze und war dennoch mein bester Freund in dieser Zeit.

Habe ich meine Veranda gefunden? Nein. Aber ich habe mein Ziel trotzdem verfolgt. Und überall geschrieben, wo sich mir eine Möglichkeit geboten hat. Öffentlich und privat. Laut und leise. Unsichtbar und in der Auslage. Bei Stillstand und Bewegung. Ich habe mittlerweile lange Zugreisen in mein Herz geschlossen. Die vorbeiziehende Landschaft hat etwas Beruhigendes und gleichzeitig etwas Melancholisches. Schon das Warten auf einen Zug bewegt etwas in mir, und ich brenne jedes Mal darauf, meinen Laptop aufklappen und weiter schreiben zu können. All die Herausforderungen des Schreibens haben mich nur noch mehr angespornt. Und auch wenn ich meine Veranda nicht gefunden habe, ich habe meine Gedanken gefunden. Ich habe meinen Traum visualisiert und wahr gemacht. Mein Buch ist fertig, innerhalb eines Jahres. Und nun sitze ich auf meinem sechs Quadratmeter kleinen Balkon, den ich vollgestopft habe mit Blumen und Gemüsepflanzen, mit neuen Möbeln, Muscheln und Sand von meinen Reisen, bunt bemalten Steinen, die mich an etwas Schönes denken lassen und farbenfrohen Vorhängen, die mich von der Umwelt zumindest ein klein wenig abschotten. Meine kleine bunte Oase, die ich mein Zuhause nenne. Und die vielleicht sogar besser ist, als jede Veranda auf dieser Welt. Aber ich bin sicher, sie wird kommen, diese Veranda. Vielleicht für das nächste Buch ...

PS: Ein Mensch, der mir sehr am Herzen liegt, hat mir einmal gesagt, er könne sich mich perfekt in einem kleinen Apartment in New York City vorstellen. Mit Blick auf das laute Tummeln des Big Apple und mich in meinem kleinen Reich. Ein Laptop, ein Zettel, ein Stift. Und meine Gedanken. Ich und meine Gedanken, in meiner absoluten Lieblingsstadt. Ich stelle es mir gerade vor ... und es fühlt sich fabelhaft an. Vielleicht hattest du mit dieser Vorstellung recht und meine Suche nach dem perfekten Ort zum Schreiben wird etwas ausgedehnt ...

Die Tasse mit dem Sprung

Zwei Tassen in einem Regal. Die eine hat einen Sprung. Der anderen fehlt der Henkel. Das 13-jährige Mädchen bückt sich und packt den Umzugskarton an den Griffen. Als sie losgehen möchte, bleibt ihr Blick an den beiden Tassen hängen. Sie überlegt, ob sie sie mitnehmen soll. Schließlich kann sie sich noch ganz genau erinnern, wie der Sprung in die eine gekommen ist und wie der Henkel von der anderen abbrach. Doch sie redet sich ein, dass es nur Unsinn ist.

Das ist die letzte Kiste, denkt sie, das andere Zeug ist schon im Auto. Es wird nie wieder in diese Wohnung kommen. „Gleich werde auch ich die letzten Schritte in dieser Wohnung gehen." Hier ist vieles passiert. Und doch war es irgendwie ganz normal, was sich bis vor Kurzem hier abgespielt hat. Bis sich alles geändert hat. Immer noch steht sie mit der Kiste in den Armen in der Mitte der Küche, von der die Zierleisten an manchen Stellen schon abgehen. Sie erinnert sich auch, warum an dem unteren Kästchen die eine Leiste komplett abgebrochen ist. Hier hat ihr Vater mal aus Wut dagegen getreten. „Er ist kein wütender Mensch", sagt sie sich nachdenklich. Er war nur wütend, weil ihre Mutter krank wurde. Und weil sie nichts dagegen gemacht hat.

Weil die Familie unter dem ganzen Krankenhaus-Chaos gelitten hatte. Und weil die Scheidung sich eigentlich schon seit Jahren angekündigt hatte. Aber, dass sie plötzlich ohne ihrer Mutter aus dem Krankenhaus zurückkommen, hätten sie nicht gedacht.

Ihre Beine wollen sich nicht bewegen. Noch immer steht sie in der Mitte der Küche und starrt auf die leeren Kästen. Den Blick auf die beiden Tassen vermeidet sie. Sie weiß, dass sie sonst nicht stark genug sein und den Müll einpacken würde. Den Müll. Für sie war es kein Müll, aber für ihren Vater schon. Was kaputt ist, kommt nicht mit ins neue Leben, meint er. Er weiß aber nicht, dass der Sprung in der einen Tasse von einem lustigen Nachmittag mit ihrer Mutter stammte, als noch alles gut war. Er weiß auch nicht, dass der Henkel von der anderen Tasse deshalb abgesprungen

war, weil ihre Mutter die Tasse auf den Tisch fallen ließ.
Weil sie plötzlich Schmerzen bekam und die Tasse einfach
ausließ. Das weiß nur sie. Denn nur sie war zu diesem
Zeitpunkt noch da. „Du warst ja schon bei deiner Neuen",
murmelt das Mädchen. Jetzt spürt auch sie Wut in sich
aufsteigen. Warum darf sie nicht auch mal wütend sein?
Warum muss sie immer so tun, als wäre sie stark?

Sie stellt die Kiste plump vor sich auf dem Boden ab und
dreht sich mit einem Ruck zu dem Regal mit den beiden
Tassen. Sie nimmt die Tasse ohne Henkel und lässt sie
auf den Boden schellen. Ein kurzes, lautes Krachen. Und
viele Splitter auf dem Boden. „Ist jetzt auch schon egal",
denkt sie. Sie merkt, wie sich ihr Brustkorb schnell hebt
und senkt und in ihren Ohren klingelt es. „Jetzt reiß dich
wieder zusammen!", zischt sie sich selbst zu. Plötzlich ein
Hupen. Sie rollt mit den Augen, wischt sich eine Träne von
der Wange und geht zur Kiste. Noch ein Hupen. „Jaaa, ich
komme ja schon!", ruft sie, obwohl sie weiß, dass ihr Vater
sie nicht durch den Flur des Wohnhauses hört. Der Teenager krempelt sich die Ärmel hoch, geht ein paar Schritte,

atmet tief durch und saugt den Geruch der Wohnung auf, in
der sie aufgewachsen ist. Um sich auch später noch daran
zu erinnern. Sie fächert sich Luft ins Gesicht, „damit er ja
nicht glaubt, ich habe geheult..."

Das 13-jährige Mädchen bückt sich und packt den Umzugskarton an den Griffen. Als sie losgehen möchte, bleibt ihr
Blick an der einen Tasse mit dem Sprung hängen. Diese
Tasse ist umgefallen, als sie von ihrer Mutter so stark gekitzelt wurde, dass sie wild herumgefuchtelt hat. „Der Müll
kommt mit!" Sie stellt die Kiste ab, geht zum Regal, nimmt
die Tasse und wickelt sie vorsichtig in Zeitungspapier ein.

Sie legt sie ganz oben in die Kiste. Die allerletzte Kiste.
Was kaputt ist kommt nicht mit, hört sie die Worte ihres
Vaters. „Dann sind wir ja jetzt zu zweit." Sie schnappt die
Kiste, und schließt die Tür hinter sich.

FÄHRENFAHRT

Eine Frau sitzt auf einer Bank auf einer Fähre. Sie sitzt alleine auf dieser Bank, ihre Handtasche steht lose neben ihr. Sie hält sie nicht fest. Der Wind lässt ihre Haare strähnig über ihrem Kopf zerzausen. Ihr Blick geht starr auf das Wasser. Denkt sie nach? Oder pendelt sie einfach nur zwischen Arbeit und Zuhause und ist froh, den Tag hinter sich zu haben? Wäre es doch nur das.

Die Frau schließt von Zeit zu Zeit für ein paar Sekunden ihre Augen. Ihre Gedanken lassen ein kurzes Nickerchen nicht zu. Nur kurz ohne Gedanken, ohne Sorgen sein. Das wünscht sie sich. Die gleichmäßigen Wellen auf dem Wasser beruhigen sie. Ein paar Sonnenstrahlen lassen sie glitzern und sie lächelt. Nur einmal möchte sie sich ausschließlich darüber freuen, was sie gerade sieht oder

erlebt. Nur einmal. Doch ihre Gedanken lassen es nicht zu. Immer wieder lenken ihre Gedanken und ihre Erinnerungen ihr Leben. Nicht mal auf der Fähre mit dem monotonen Geräusch des Motors und dem sanften Wiegen der Wellen lassen sie sie in Ruhe. Mal an nichts denken. Wie im Kreis drehen sich ihre Gedanken, ihre Sorgen, Erinnerungen, Ängste und Hoffnungen. Fast hört sie ein hämisches Lachen, als würden diese Teile von ihr alle gegen sie arbeiten.

Kaum schließt sie die Augen, sieht sie ihn vor sich. Sie reißt die Augen wieder auf und flüchtet vor dem Anblick. Scheint ihr die Sonne ins Gesicht, erinnert sie sich daran, was er zu ihr gesagt hat, als sie im Park spazieren gingen und die Sonne geballt hinter den Wolken hervorkam. „So wunderschön", hört sie seine Worte in der Ferne. Sie bindet ihre vom Wind zerzausten Haare zu einem Zopf und spürt gleich darauf, wie er ihr den Zopf wieder löst und zärtlich über ihr Haar streicht. Sie wird ihn nicht los. Ihre Gedanken kreisen um ihn. Überall.

Sie konzentriert sich auf das leichte schaukeln der Fähre und die wehende Fahne, die schräg über ihr angemacht ist. Es hilft nicht. Sie starrt auf den Horizont, wo sich die Sonne in vielen kleinen glitzernden Kristallen auf dem Wasser spiegelt. Und wie ein Blitz schwemmt eine Erinnerung diesen Blick aus ihren Augen und ersetzt ihn mit einem anderen. Der Tag am See, wo das Wasser auch gefunkelt hat und der Sonnenuntergang sich darin spiegelte. Wie kitschig, denkt sie. Eigentlich hätte sie es wissen müssen. Sowas gibt's nur im Märchen. Es war alles fast zu schön, um wahr zu sein. Und dann plötzlich das Erwachen. Er hat ihr alles nur vorgemacht. Jedes Wort, jeder Blick, jede Berührung. Eine Lüge.

Der Wind bringt die Fahne laut zum Flattern und es fröstelt sie. Sie verschränkt die Arme übereinander und drückt sie fest gegen sich. Genau wie damals, doch damals kamen auch seine Arme dazu. Als er sie von hinten umarmte, und sie fest an sich drückte, als er auf den Schlitten aufstieg, um kurz darauf mit ihr über den Hang zu sausen. Sie spürt seine Wärme hinter sich und den Druck seiner Arme auf ihr. Ihre Tasche fällt um, und sie wird kurz aus ihren Ge- danken gerissen. Gott sei Dank. Sie greift nach der Tasche, ihr Blick fällt auf den kleinen Fleck am Henkel. Das habe ich jetzt davon, denkt sie sich. Es ist nichts übrig geblieben, als ein schmutziger Fleck auf meiner Tasche. Jetzt ist Schluss, denkt sie. Sie räumt die wenigen Dinge, die sie mit sich in der kleinen Tasche herumträgt, aus und geht zur Reling. Sieht mich jemand? Sie blickt um sich, doch niemand scheint sie zu registrieren. Mit einem Ruck wirft sie die Handtasche über Bord. Und jetzt lass dich nie wieder blicken.

Die Frau setzt sich zurück auf die Bank. Ihr Blick geht starr auf das Wasser. Die Sonne glitzert und sie lächelt. Wenigstens eine kleine Last konnte sie heute loslassen. Wenigstens eine kleine.

DEIN BILD ZERFÄLLT

Als ich angefangen habe, mein Bild von dir zu malen, wusste ich schnell, dass mir dieses Bild gefallen wird. Ich hatte von Anfang an das Gefühl, mit diesem Bild vertraut zu sein, als hätte ich es schon lange gekannt. Dieses Bild war farbenfroh und löste in mir Gefühle aus, wie ich sie schon lange nicht mehr hatte und auch nicht zugelassen hatte.

Mit jedem Tag wurde dein Bild größer und bunter, es wurde mit vielen Farben in ein wunderschönes Gemälde verwan- delt. Mit sanften Pinselstrichen malte ich weiter und weiter, mal ganz fein mit vielen kleinen Strichen. Dann wieder mit großen, festen und die Leinwand wurde voller. Wie bei „Malen nach Zahlen" verband ich die Punkte, aus einigen bunten Flecken wurde ein ganzes Bild. Man konnte Konturen und Einzelheiten, grobes Äußeres und kleinste Details erkennen. Ein Ganzes, das die Summe seiner Teile darstellt. Es wurde ein vielschichtiges Bild mit vielen Schattierungen und aufregenden, leuchtenden Farben. Egal von welcher Seite man es betrachtete, es wurde nicht langweilig, ich wurde nicht müde, es anzusehen und malte weiter. Das Bild zog mich in seinen Bann und ließ mich nicht mehr los, ich musste es weitermalen, ich musste wissen, wie es als fertiges Kunstwerk aussehen würde.

Doch plötzlich konnte ich die Farben nicht mehr finden. Das Leuchten meiner bisherigen bemalten Flecken wurde schwächer. Deine Freude und deine Leidenschaft für das Leben versiegten. Das Bild wurde dunkler und grauer. Dein Bild zerfällt. Ich kann nicht mehr weitermalen, weil du es nicht zulässt. Und ich kann es mir nicht mehr ansehen, weil ich es unter 1.000 anderen nicht mehr herauskenne. Ich habe von einem Menschen ein Bild gemalt, das so strahlte, dass es den hässlichsten Raum der Welt in den schönsten verwandeln hätte können. Nun ist es ein Bild wie jedes andere. Du hast dieses Bild mit grauer Farbe übersprüht.

Du hattest es in der Hand und hast ihm das Leuchten genommen. Das Bild von dir zerfällt. Der Pinsel zerbricht. Die Farben werden grau.

MÜDE

Ich bin müde. Ich bin müde, ein Spiel zu spielen, müde ein Leben vorzuführen, das ich nicht leben will. Ich bin müde, ihr etwas vorzumachen, eine Person zu sein, die ich nie sein wollte. Ich war eine Schauspielerin und habe ein Leben vorgespielt, das so nie hätte sein sollen. Doch für sie sollte es so sein. Ich bin müde, weil ich Schmerzen habe. Meine Seele schmerzt und mein Körper auch. Alles tut weh. Ich weiß nicht mehr, wo der Schmerz angefangen hat und wo er aufhören wird. Wenn er aufhört. Würde er doch nur aufhören. Ich kann nicht mehr und ich will nicht mehr. Auch wenn es für sie schwierig wird. Ich weiß, dass sie es ohne mich schaffen wird. Ich weiß, dass sie stark ist, dafür habe ich gesorgt. Ich weiß, dass sie schlau ist, dafür habe ich auch gesorgt. Und ich weiß, dass sie alles erreichen wird, was sie sich vornimmt. Ich kann sie alleine lassen. Sie wird nicht alleine sein. Und ich weiß, dass sie spürt, dass ich müde bin. Sie merkt es und will es einfach nicht wahrhaben. Sie weiß, dass ich sehr müde bin.

Sie erzählt mir Geschichten und ich liege einfach nur hier. Ich liebe ihre Geschichten und ich höre konzentriert zu. Doch ich werde müde, mitten in der Geschichte schlafe ich ein. Es tut mir so leid, denn ich möchte ihr zuhören, sie ansehen und ihre Geschichte in mir aufnehmen. Doch es ist so anstrengend.

So soll sie mich nicht sehen. Ich bin zu müde für sie. Ich will nicht, dass sie mich sieht, ganz in blau und grau und mit den vielen Schläuchen. Ich bin so müde und denke so viel an sie. Könnte ich sie doch noch einmal sehen,

aber nur wenn sie mich so nicht sieht. Ich muss mir etwas einfallen lassen, dass sie mich so nicht mehr sieht. Was würde ich dafür geben, sie noch einmal kraftvoll in die Arme zu nehmen. Aber ich bin so müde. Ich kann kaum noch den Fragen der Ärzte folgen. Ich habe so lange ein Schauspiel gelebt, mich so lange bemüht, ihr alles zu bieten, was in meiner Macht stand. Ich habe niemandem von meinen Schmerzen erzählt, niemandem von meinem Kummer. Er hat mich für eine andere verlassen und es hat mir die Kehle zugeschnürt. Und jetzt ist bald alles vorbei. Es ist nicht schlimm, es gibt nur noch eines, wofür ich am Leben bin. Meine Tochter. Ich habe sie gut vorbereitet für ein Leben, das sie in Selbständigkeit führen wird. Ich habe ihr meine Werte mitgegeben, gezeigt, dass man spontan sein kann und seinen Träumen folgen soll. Dass man sich hohe Ziele stecken und seine Ambitionen leben soll. Das war ich. Alles andere war ein Spiel. Ein ziemlich schlechtes Theaterstück. Jetzt bin ich müde. Ich will in kein Kostüm mehr schlüpfen, meine Paraderolle ist vorbei. Ich bleibe hier und denke an sie. Sie hat mir viel Freude bereitet und sie wird noch vielen Menschen Freude bereiten und Inspiration bieten. Es bricht mir das Herz, dass ich sie alleine lassen muss. Doch ich kann nicht mehr. Die Müdigkeit übermannt mich. Gut, dass sie mich so nicht sieht. Ich bin zu müde, um meiner Mutter ein letztes Mal „Danke" zu sagen, als sie mich anblickt.

Alles, woran ich denken kann, ist meine Tochter. Wer wird ihr sagen, dass ich nicht mehr da bin? Wie wird sie darauf reagieren? Und wie wird sie ihr Leben meistern? Ich mache mir keine Sorgen, sie ist stark, sie kann das. Sie schafft alles, was sie sich vornimmt. Ich bin so müde. Ich habe keine Schmerzen mehr. Alles wird leicht. Ich sehe meiner Mutter ein letztes Mal in die Augen und fühle Erleichterung. Ich fühle mich leicht, keine Schmerzen mehr, die Müdigkeit ist weg. Und sie wird die Welt bezaubern.

Und dann glaubst du es selbst

Du gehst mit einem Lächeln durch die Welt. Bist freundlich und höflich und versuchst, immer dein Bestes zu geben. Du würdest auf die Frage "Wie gehts?" niemals mit deinen echten Gefühlen antworten, anderen damit gar zur Last fallen. Du lächelst und sagst "Danke, alles bestens!"

Du kannst dich selbst nicht mehr durchschauen, bist überfragt mit deinen eigenen Fragen. Du suchst nach Antworten und findest sie in Dingen, die dir wichtig sind. "So ein Sonnenschein!" sagen die anderen über dich. "Du strahlst immer so, auf jedem Foto lädt dein Lachen zum Mitlachen ein!" Alles klar, geht in Ordnung, sie sind eingeladen, mit dir zu lachen. Und wer weint mit dir? Wer blickt hinter die Fassade? Man ist nicht permanent glücklich. Man ist auch nicht permanent traurig. Was wissen sie schon über das Innenleben eines Menschen?

Doch es stimmt, du lächelst und freust dich über die schönen Dinge, die dir passieren. Schließlich gestaltest du dir die meisten dieser Dinge selbst. Du hast dein Glück selbst in der Hand. Natürlich wirkst du auf andere glücklich. Es weiß ja auch keiner, wie viel Arbeit hinter deinem Glück steckt. Doch irgendwann weißt du, was dich glücklich macht und wie du dich selbst zum Strahlen bringst. Und irgendwann glaubst du es selbst.

Du lächelst auf jedem Foto, du strahlst mit anderen um die Wette, du erhellst jeden Raum, den du betrittst. Du nimmst dir diese Fassade selbst ab. Weil du nicht möchtest, dass jemand fragt, ob etwas nicht stimmt. Weil es auch niemanden etwas anginge, wäre es so. Weil es dir eigentlich gut geht. Meistens. Und deshalb lebst du auch so, weil es dir meistens gut geht. Und weil es im Grunde genommen auch so ist. Bis auf ein paar Kleinigkeiten. Doch manchmal sind diesen Kleinigkeiten ganz schön groß.

Aber das geht nur die wenigsten etwas an. Es interes- siert auch die wenigsten. Und eigentlich bist du es leid, immer wieder an diese Kleinigkeiten erinnert zu werden.

Ein Leben ohne sie, wäre um Einiges leichter. Und irgendwann glaubst du es selbst. Diese großen Kleinigkeiten sind plötzlich nebensächlich und du bist so beschäftigt, dass du sie tatsächlich vergisst. Alles ist bestens und du erkennst selbst den Sonnenschein, den du anderen Menschen bringst.

Genau bis zu dem Moment, in dem du kurz verschnaufen kannst. In diesem Augenblick kriegen diese großen Kleinigkeiten wieder Gewicht. Sie schleichen sich plötzlich in dein Glück. In deinen Sonnenschein. Die dunklen Wolken machen sich unangekündigt breit und bleiben hartnäckig. Ein Songtext, der dich an ein Gefühl erinnert, oder der ein bestimmtes Erlebnis aus der Vergangenheit auf ein- mal präsent macht. Eine Melodie, ein Film oder ein Wort, das dich stocken lässt und dir einen kurzen Stich ins Herz versetzt. Bis das Gewitter wieder vorbei ist, verbergen die Wolken den Sonnenschein. Doch wie heißt es so schön?

Nach jedem Gewitter kommt auch wieder die Sonne hervor. Und am nächsten Tag ist es auch so. Keiner hat gemerkt, dass dein Herz einen Schlag übersprungen hat. Alles beim Alten und keiner weiß, dass zwischendurch Wolken aufgezogen sind. Der Sonnenschein strahlt wieder um die Wette und erhellt jeden Raum. Und du glaubst auch irgendwann wiedermal daran. Genauso wie alle anderen.

Verzeihung

"Es tut mir leid", flüsterte er am Telefon. "Es tut mir leid, ich hätte damals anders entscheiden müssen!" Seine Stimme klingt brüchig. Lautlose Tränen auf der anderen Seite der Leitung. "Es ist zu spät", antwortet sie mit bestimmtem Ton. Zumindest bemüht sie sich, selbstsicher zu klingen.

"Ich habe aus meinem Fehler gelernt und könnte ich die Zeit zurück drehen, würde ich mich anders entscheiden und das einzig Richtige tun."

Sie presst die Lippen aufeinander und versucht ruhig und gleichmäßig zu atmen. Sie spürt, wie ihr das Blut in den Kopf steigt, wie ihre Wangen heiß werden und wie ihr Herzschlag schnell in ihren Ohren pocht. Einmal tief einatmen.
"Du kannst die Zeit nicht zurück drehen, was passiert ist, ist passiert. Was habe ich davon, wenn du nach so vielen Jahren erkennst, dass du einen Fehler gemacht hast? Ändert das etwas an der Situation? Am Hier und Jetzt?"

Sie redet sich in Rage und kann die Tränen nicht zurückhalten. Auch in ihrer Stimme hört man den Schmerz. Und die Wut.

Stille. Keine Antwort. Ein trauriges Seufzen. Dann ein zögerlicher Anfang: "Ich weiß. Ich kann nichts mehr ändern. Ich will nur, dass du weißt, dass ich es erkannt habe. Ich war blind. Ich habe nicht logisch gedacht. Ich hätte mich für dich entscheiden sollen."

Ihre Tränen werden dünner. Sie fasst sich einen Moment. "Was erwartest du von mir? Alles vergeben und vergessen? Wie stellst du dir das vor?"

Sofort antwortet er: "Nein, ich weiß, dass das nicht geht. Ich möchte nur, dass du weißt, dass es mir leid tut."

In ihr tobt ein Kampf aus Schmerz, Erinnerung, Liebe, Hass und der Unfähigkeit, ihm verzeihen zu können. Sie konzentriert sich, um stark und bewusst zu klingen. "Ich hab's verstanden."

Der leere Bilderrahmen

Es gibt oft Situationen im Leben, die einen erkennen lassen, dass alles vergänglich ist. Manchmal sehnt man ja auch die Vergänglichkeit herbei. Sie räumte gerade die Umzugskartons voll und wickelte ihre wertvollen Dinge in Zeitungspapier. Sie wusste genau, was sie als letztes einpacken würde. Und nachdem ihre Freunde, die beim Umzug geholfen hatten, wieder alle weg waren und sie nun ganz alleine da stand, konnte sie diesen Moment nicht mehr hinauszögern. Sie ging ins Schlafzimmer und stellte sich vor eine Wand. Vor eine Wand, an der viele Bilderrahmen mit fröhlichen Bildern hingen. Bildern von ihrer Familie, von ihren Freunden und Bildern von ihr selbst. Sie nahm alle Bilder vorsichtig ab und legte sie behutsam in den Koffer, den sie extra dafür aufbehalten hat. Ein Bild ließ sie bis zum Schluss hängen. Ihre Hand bewegte sich langsam auf den Bilderrahmen zu, der ein ganz besonderes Bild beherbergte. Er war auf diesem Bild zu sehen. Sie zuckte einen Moment zurück und wagte es nicht, das Momentum zu berühren, das eine Zeitlang für etwas ganz Wichtiges in ihrem Leben stand. Einer der wenigen Beweise, dass es das, was zwischen ihm und ihr war, tatsächlich einmal gegeben hat. Eine Manifestation eines Augenblicks, der auf einem Foto festgehalten wurde. Sie erinnerte sich, wie sie den Rahmen auswählte, in den sie das Bild steckte. Sie erinnerte sich auch an den Moment, als sie den Nagel in die Wand schlug, um genau dieses Bild an der Wand anzubringen.

Alle Bilder waren in dem Koffer und sie würden in der neuen Wohnung wieder ihren Platz finden. Doch dieses eine Bild würde sie nie wieder aufhängen. Dieses Bild würde in dem Koffer bleiben oder irgendwann im Müll landen. Dieses Wissen ließ ihr eine Träne entwischen. Sie platschte lautlos auf dem Laminatboden auf, während sie ihre Hand weiter in Richtung Bilderrahmen drängte. Der Bilderrahmen war wie neu, zu kurz war die Zeit, in der dieser Moment darin festgehalten wurde. Zu kurz war die Zeit, die seither vergangen war, um dieses Bild emotionslos zu entsorgen. Eine Karikatur der Vergänglichkeit. Sie gab sich einen Ruck, fasste den Bilderrahmen entschlossen an und legte ihn langsam in den Koffer. Nur einen Augenblick später klappte sie ihn zu, wischte sich die Spur der Träne auf ihrer Wange weg und verließ entschlossen die Wohnung, an der so viele Erinnerungen hafteten.

Einige Wochen später hingen alle Bilderrahmen mit ihren Erinnerungen wieder an der Wand, bis auf ein Bild. Das Bild lag in einer Truhe, unter Schichten von Unterlagen und Reservedecken. Sie hatte schon vergessen, dass das Bild hier zwischengelagert wurde, als sie eines Tages eine Decke aus der Truhe holte. Hatte sie das Bild wirklich nur zwischengelagert, oder hatte sie ein Versteck daraus gemacht? Sie nahm den Rahmen mit dem Bild heraus und lächelte. Ein paar Erinnerungen von glücklichen Zeiten rasten vor ihrem inneren Auge hin und her. Sie merkte, dass sich ihre Augen mit Tränen füllten. Sie öffnete den Rahmen, nahm das Bild heraus, und warf es weg. Den Rahmen versteckte sie wieder in der Truhe. Vielleicht kommt eines Tages ein neues Bild hinein, dachte sie. Doch vorerst muss der Rahmen leer bleiben.

Grosse Erwartungen

Sind wir mal ehrlich. Und zwar ganz und gar ehrlich. Wir haben gelernt, unsere Erwartungen zu drücken, ja fast zu unterdrücken. Wir schrauben unsere Erwartungen vom Leben, von der Liebe, der Freundschaft, der Karriere und überhaupt von allem Richtung Nullpunkt. Und warum? Weil wir schon alle enttäuscht, oder von unseren Erwartung getäuscht wurden. Wir manipulieren uns selbst, um möglichen zukünftigen Enttäuschungen vorzubeugen, um nicht mehr so tief zu fallen und diesen Schmerz nochmal empfinden zu müssen. Wir erwarten somit bewusst weniger – von uns und von anderen.

Wir nehmen anderen das Vertrauen, uns mit Freude oder Liebe zu beschenken, wir rauben ihnen gar die Chance, uns gut zu tun. Wenn wir das ganz nüchtern betrachten, scheint es vielleicht sogar ganz vernünftig. Dass wir rund um uns gleichzeitig eine Mauer aus Zweifel und Angst hochziehen, fällt uns vielleicht gar nicht auf. Wir merken nicht mal, wie wir uns selbst und gegenseitig manipulieren, uns gegenseitig das Vertrauen entziehen und somit wunderbare Chancen für unser Glück im Voraus ausschließen. Selbstschutz, Angst oder Zweifel, oder wie immer wir es auch nennen wollen, stehen uns eigentlich permanent im Weg. Denn näher betrachtet, ist es doch sehr traurig.

Wir werden enttäuscht und wir enttäuschen selbst. Schützt uns unsere eigene Mauer? Helfen uns gedrückte Erwartungen glücklich zu sein oder zu werden? Insgeheim halten wir uns zurück. Wie fahren mit angezogener Handbremse, weil wir Angst haben, dass auf unserem abenteuerlichen Weg plötzlich ein Hindernis lauert. Doch wir können es dadurch nicht verhindern, vielleicht ist dieses Hindernis gar eine Chance und wir versuchen alles, nur um es zu umgehen.

Wir gehen mit unseren Erwartungen nicht vernünftig um. Wir dürfen von einem Freund erwarten, hinter uns zu stehen. Wir dürfen von unserer Liebe erwarten, treu zu sein. Wir dürfen von unseren Familien erwarten, unsere

Entscheidungen zu unterstützen. Wir dürfen erwarten. Erfüllt jemand diese Erwartungen nicht, so hat er in unserem Leben vielleicht einfach eine andere Rolle, als wir ihm ursprünglich zugeschrieben haben. Wir dürfen Erwartungen haben. Wir dürfen uns nicht selbst manipulieren.

Denn die unsichtbare Mauer, die viele schöne Möglichkeiten und Chancen zunichte macht, zu erklimmen – das können wir nicht von jedem erwarten.

FLASHBACKS

Und plötzlich ein Gesicht, das man nicht zuordnen kann. Sie steht auf dem gleichen Bahnsteig wie ich und hat die Augen seltsam bekannt geschminkt, als hätte sie es nie anders getragen. Warum habe ich nur das Gefühl, dass dieser blaue Lidschatten schon immer zu ihrem Tages-Make-Up gehörte? Ich versuche, nicht zu auffällig zu ihr hinüber zu blicken, und plötzlich weiß ich es. Ich stehe als Kind mit meiner Mutter hinter einer Ladentheke und kaufe eine warme Winterstrumpfhose. Das Lächeln dieser Frau mit diesem blauen Lidschatten über ihren Wimpern hat etwas Beruhigendes an sich, wir vertrauen ihrem Rat und kaufen das, was sie uns empfiehlt.

Mhhh dieser Geruch in der Nase. Das kenne ich, es erinnert mich an etwas und ruft ein bekanntes Gefühl der Geborgenheit hervor. Ein Parfüm, das ich schon so lange nicht mehr vernommen habe, doch woher kenne ich es? Und nun stehe ich in der Parfümerie, wieder als Kind mit meiner Mutter und sie strahlt über das ganze Gesicht, weil sie genau den Duft an ihren Handgelenken erschnüffelt, nach dem sie gesucht hat. Ein Weihnachtsgeschenk für sich selbst.

In der Masse an Gesichtern im Weihnachtstrubel erhasche ich einen Blick auf ein Augenpaar, das mir in Erinnerung geblieben ist. Und ich weiß sofort, dass diese junge Frau am gleichen Tisch im Hotelrestaurant in Italien gesessen hat, wie meine Mutter und ich im Alter von 12. Mit ihrem Freund. Meine Augen machen sich auf die Suche nach ihrem Freund, doch an ihrer Seite, Hand in Hand, steht ein anderer Mann und lächelt ihr zu. Ich greife automatisch

zu meinem Handy und will erzählen, dass was ich gerade gesehen habe. Doch für diesen Menschen, mit dem ich diesen Moment teilen möchte, gibt es keine Handynummer. Die wird es nie geben.

Verrückt. So lange schon Realität und manchmal trotzdem

so weit weg. Man vergisst sein Schicksal oft für eine Weile und doch wird man durch Kleinigkeiten immer wieder daran erinnert. Scheinbar unwichtige Kleinigkeiten gewinnen an unglaublicher Bedeutung, die keiner verstehen kann. Ich lächle der Frau mit dem blauen Lidschatten zu, sie wirkt etwas irritiert und lächelt schließlich zurück. Ich nehme das Parfum mit einem tiefen Atemzug auf, auch wenn ich nie ein großer Fan davon war. Und ich gehe an dem frisch verliebten Pärchen vorbei mit einem Lächeln auf dem Gesicht. Ich hoffe, dass der junge Mann, der damals mit uns den Tisch teilte, auch wieder glücklich verliebt ist. Und stelle mir vor, wie es wäre, einfach nach Hause zu kommen und sagen zu können: „Mama, du errätst nie, wer mir heute begegnet ist ..."

KEINE WORTE

Ich hatte keine Worte für die Gefühle, die du in mir ausgelöst hast. Es war magisch, es war unglaublich, es war nicht von dieser Welt. Alles, was du mit mir gemacht hast, was du in mir ausgelöst hast, was du mir vermittelt hast, war schöner, als ich es je wagte zu träumen. Du hast mich in den Himmel mitgenommen und mir Dinge von mir gezeigt, die ich nicht kannte, und vermutlich auch kein anderer. Ich habe dir mein ganzes Ich offenbart, alles was ich habe und bin, alles was ich je war und vielleicht einmal sein werde. Ich wusste wer du bist, und wusste, dass es genau das ist, was ich will, nichts anderes. Ich war angekommen.

Jetzt habe ich keine Worte für den Schmerz, den ich fühle. Es ist eine Leere, wie ich sie noch nicht kannte, als würde ich neben mir stehen und mir beim Weinen zusehen. Und ich kann es nicht stoppen. Jede meiner bisherigen „Tragödien" betrachte ich mit einem abschätzigen Lachen. Hätte ich nur gewusst, dass der Schmerz von damals genau gar nichts war. Dass ein noch viel größerer Schmerz auf mich zukommen würde. Jeder kleine Weltzusammenbruch in meinem bisherigen Leben gleicht einer Lappalie in einem nichtigen Mikro-Kosmos. Alles, was ich bislang gefühlt habe, war eine seichte Probe für die Realität. Ein fader Abklatsch von all dem hier. Ich habe kein Worte dafür, wie es mir geht, ich weiß nicht, was ich glauben soll, ich weiß nicht, was ich denken soll, oder was richtig und falsch ist. Ich weiß nichts. Ich weiß nur, dass meine Liebe zu dir echt war. Echt ist. Ich habe keine Worte für das, was gerade in mir vorgeht. Du gehst in dein altes Leben und machst weiter wie gehabt. Mir bleibt ein blauer Blumenkranz, und ein altes Zugticket nach London. Und ein Schmerz, für den ich keine Worte habe.

Wenige Sekunden

Es sind nur wenige Sekunden, ein kurzer Augenblick. Wenn ich meine Augen aufschlage und noch nicht klar weiß, was gerade passiert. In diesen wenigen Sekunden, bin ich glücklich, mit deinem Lächeln in meinem Herzen. Ich habe es die ganze Nacht gesehen. Ich sehe es, wenn ich die Augen schließe, ich sehe es, wenn ich träume. Ich sehe nichts anderes. Und es sind diese wenigen Sekunden, die es wert sind, aufzuwachen. Bevor ich realisiere, was passiert ist, was gerade geschieht.

In diesen wenigen Sekunden fühle ich mich leicht und sicher. Ich fühle mich geborgen und geliebt, aufgefangen und umarmt. In diesen kurzen Augenblicken ist die Welt in Ordnung, und ich freue mich auf den Tag. Doch plötzlich kommt dieser Moment, der alles zerschlägt. Der diese Leichtigkeit nimmt und mich mit Leere erfüllt, der mich im freien Fall mir selbst überlässt und mich in der kalten Realität aussetzt. Es ist dieser Moment, vor dem ich mich fürchte, jeden Morgen. Denn dann weiß ich, du bist nicht mehr da. Und doch sind es die wenigen Sekunden vor diesem Moment jeden Tag schön. Und wert aufzuwachen. Wenn ich dein Lächeln sehe.

Es ist ein schreckliches Gefühl, nach diesen wenigen Sekunden zu realisieren, was passiert ist. Ich falle weiter. Bis zu dem Moment, in dem ich meine Augen wieder aufschlage und wenige Sekunden Glück fühle.

STARK SEIN

Es ist kalt hier unten. Hart. Und Ungemütlich. Alles tut weh, ich kann kaum sehen und dann ist noch dieses gigantische Loch in meinem Bauch. Egal wie fest ich mich umklammere, das Loch geht nicht weg. So fühlt es sich also an, wenn man am Boden ist. Es hilft kein Ziehen, kein Aufheben, kein Verrücken. Es gibt keine Bewegung, die diese Position ändern kann. Und einfach stark sein und aufstehen?

Stark sein. Das gibt es gerade nicht. Ich wäre stark genug für uns beide gewesen, für alles, was uns im Leben begegnet wäre. Aber ohne dich, bin ich nicht stark. Nicht einmal stark genug, um mich selbst vom Boden wegzubewegen. Um mich zu fassen, meine Einzelteile wieder zusammen zu sammeln. Ich kann jetzt nicht stark sein. Ich muss es auch nicht. Ich war zu lange stark für mich und andere. Jetzt nicht.

Aber dann gibt es Menschen, die nicht versuchen, mich zu verrücken, mich mit aller Gewalt hochzuziehen, oder mir einzureden, stark sein zu müssen. Nein. Sie legen sich einfach neben mich auf den harten, kalten, ungemütlichen Boden. So lange bis ich wieder aufstehen kann. So lange, bis ich wieder sehen kann, und bis das Loch in meinem Bauch vielleicht ein klein wenig kleiner wird. So lange liegen wir gemeinsam da. Manchmal bleibe ich alleine liegen, um nicht reden zu müssen.

Vielleicht werde ich mich irgendwann wieder bewegen können, wieder sehen können, mich nicht mehr in tausende Teile zerrissen fühlen. Aber das Loch im Bauch bleibt. Ich bin zerrissen. Und die Leere in mir raubt mir meine gesamte Kraft. Ich kann jetzt nicht stark sein ...

Nicht genug

Wenn dir jemand sagt, dass du alles für ihn bist, dass du perfekt bist, dass er nichts an dir ändern würde, was denkst du dann? Kann nicht sein ... wie kann es sein, dass mich ein anderer Mensch perfekt findet? Niemand ist perfekt.

Aber was nimmst du aus dieser Botschaft mit? Wenn er dir sagt, dass du ihm jeden Wunsch erfüllst, den er nie zu wünschen wagte, wenn er dir sagt, dass er alles mit dir will. Für immer. Dass er jeden Millimeter deines Körpers liebt und dir in deine Seele blickt. Weiß wie es dir geht, auch wenn du hunderte Meilen entfernt bist, ohne auch nur ein Wort zu sagen.

Du glaubst es. Weil du ihm vertraust, weil auch er für dich gemacht ist. Weil es genau so sein soll. Weil es einfach so schön ist, und du auch ihn perfekt für dich findest. Wie füreinander gemacht. Anders kann es gar nicht sein. Wenn sowohl Körper als auch Seele so magisch miteinander tanzen, so sicher füreinander da sind, dass alles andere unsicher wird, nur eben das nicht ... dann kann es nur richtig sein.

Und wenn er dich dann dennoch nicht will. Was denkst du dann? Perfektion ist nicht genug? Füreinander gemacht sein ist nicht genug? Liebe ist nicht genug? Was ist es dann? Wenn dich der Mensch nicht mehr will, der dir sagt, dass du für ihn gemacht bist, welcher soll dich dann wollen? Welcher Mensch soll dich dann so lieben können, welcher Mensch soll für dich auf diese Weise da sein? Welcher Mensch soll dich dann so verstehen und dich besser kennen, als er sich selbst kennt? Aber vor allem, welchen Menschen könntest du dann noch so bedingungslos lieben, welchem Menschen könntest du noch so vertrauen, und welchem so glauben und glücklich machen? Und welchen könntest du so sehr wollen, dass dir dein Herz zerspringt, wenn du nur an ihn denkst? Es kann nicht mehr der richtige sein. Und wenn das alles nicht genug ist, was ist es dann?

Ein Spiel für den Schein

Das Schlimme ist, dass ich so tun muss, als wäre nichts. Als hätte sich nichts getan, nichts geändert. Und dabei geht meine Welt jeden Tag aufs Neue unter. Ich muss weiterhin einen Schein waren, einen Schein, den ich schon so lange aufrecht erhalten habe. Aber jetzt ist es anders. Ich muss Lächeln, auch wenn ich es nicht kann. Ich muss sagen "alles ok", auch wenn gar nichts ok ist. Ich muss mich verstellen, muss weiterhin ein Spiel spielen, aus dem ich rausgeworfen wurde. Alles nur für den Schein.

Ich hatte nie einen Plan. Ich habe mich treiben lassen von meinen Gefühlen und meiner Hoffnung, von meinem Verlangen, von meiner Liebe. Ich würde gerne kämpfen, aber ich weiß nicht wie. Ich würde gerne für mich einstehen, aber ich weiß nicht wie. Statt dessen brauche ich jetzt einen Plan, wie ich das alles verbergen kann. Wie ich mein Leben weiterführe, ohne dass man merkt, dass es sich grundlegend geändert hat. Dass es die Zukunft, die ich wollte, nicht mehr gibt. Dass es auch die Gegenwart, die ich liebte, nicht mehr gibt. Und schlussendlich, dass es die unmittelbare Vergangenheit nicht gibt. Dass nichts war, was mich so glücklich gemacht hat. Ein Spiel. Für den Schein.

Verlieren

Man weiß zu Beginn gar nicht, dass man eigentlich ständig am Verlieren ist. Man verliert, wenn man den letzten Blick austauscht, wenn man die Stimme zum letzten Mal hört und wenn sich die Türe zum letzten Mal schließt. Wenn man morgens aufwacht, und bemerkt, was der Unterschied zum Vortag war, wenn man erkennt, dass die Welt sich weiterdreht, und nur der eigene Mikrokosmos erschüttert wurde. Und es wird am nächsten Tag nicht einfacher, denn dann muss man von Neuem erkennen, dass man verliert. Man verliert immer weiter, denn einen Menschen zu verlieren, ist keine einmalige Sache. Es passiert nicht einfach so oder nur einmal, es passiert immer wieder, ständig und immer. Immer wenn man an ihn denkt, wenn man an ihn erinnert wird, immer wenn der Verstand einen Streich spielt und ihn in der Menge sieht, auch wenn er gar nicht da ist.

Auch wenn es kein gemeinsames Leben war und auch keine lange Zeit, es war echt. Es war richtig. Und auch, wenn ich keines deiner Lieblingsstücke bei mir habe, ich muss nur mich im Spiegel ansehen und erkenne, dass das Leuchten, das du in mir verursacht hast, nicht mehr da ist. Die Musik hat ihren Klang verloren. Die Gitarre, die du bespannt hast, der Sonnenschirm, den du versucht hast zu reparieren, der Teppich, auf dem wir gemeinsam geweint haben, das Sofa, auf dem wir uns geliebt haben, das Glas aus dem du zuletzt getrunken hast... Oder einfach nur der Anblick des Union Jacks. Ich verliere dich immer wieder. Und es reißt mir jedes Mal aufs Neue ein gigantisches Loch in meinen Bauch... Dich zu verlieren, schmerzt jedes Mal aufs Neue, als wäre es das erste Mal. Und ich verliere dich jede Sekunde aufs Neue.

Seelenverwandt

Wenn man ihn spürt, wie keinen anderen. Wenn man fühlt, was der andere fühlt. Wenn man weiß, wie es dem anderen geht, auch wenn er nicht in deiner Nähe ist. Wenn man glücklich ist, wie nie zuvor und gleichzeitig große Angst hat, weil dieses Glück so groß ist, dass es unwirklich wirkt. Seelenverwandt. Ein Segen oder ein Fluch. Ein kosmischer Zufall oder ein nicht aufhaltbares Wunder. Eine Verantwortung, der man sich stellt. Weil man nicht anders kann. Das Wohl des anderen steht über dem des eigenen. Das Glück des anderen, ist dein eigenes. Du würdest einfach alles dafür tun, bei diesem Menschen zu sein. Seine Nähe ist Balsam für Körper und Seele. Ein Blick in seine Augen, ist ein Blick in die Ewigkeit, in die Wahrheit und ein Versprechen, dass es richtig ist. Es ist richtig. Und dass es nicht anders sein kann.

Doch was ist, wenn einer plötzlich nicht mehr da ist? Wenn er davon läuft vor seinem eigenen Glück? Wenn er dieses wundervolle Geschenk nicht mehr will? Leere. Unverständnis. Schmerz. Warum läuft man vor der Liebe davon? Warum stellt man sich nicht seinem eigenen Glück? Warum wirft man diese Verbindung weg? Was ist sie dann noch wert?

Eine Seelenverwandtschaft kann man nicht aufgeben. Sie ist keine Laune der Natur oder Zufall, weil man sich gut versteht. Eine Seelenverwandtschaft geht über das Leben hinaus, sie ist nicht greifbar, nicht sichtbar, aber man spürt sie. Ganz eindeutig. Aber wenn man vor ihr davon läuft ... welchen Sinn erfüllt sie dann? Man läuft vor sich selbst davon. Denn mit einem Seelenverwandten kann man alles schaffen. Weil sich die Seelen das schon vorher ausgemacht haben. Sie schaffen alles, aber nur gemeinsam sind sie stark. Alleine sind sie nur verwirrte Sterne, die kreisen

... und ihren Weg nicht mehr finden.

Was würde ich tun

Was würde ich dafür tun, ihn jetzt im Arm zu halten. Ihn jetzt ganz fest zu umarmen. Seinen Duft aufzunehmen, seine Wärme zu spüren, ihm sanft durch die Haare oder über die Wange zu streichen. Seine Nähe fehlt so sehr, dass es weh tut.

Was würde ich dafür tun, noch einmal in seine Augen sehen zu dürfen. Seine Augen sind das Tor zu so vielem. Sie zeigen Hoffnung, Freude, Liebe, sein Innerstes und irgendwie auch mein Innerstes. Ich werde nie vergessen, wie es sich anfühlt, in diese Augen zu blicken. Dieser Blick fehlt mir so, dass ich es kaum aushalte.

Was würde ich dafür tun, seine Stimme zu hören. Seine Stimme gab mir immer Sicherheit, beruhigte mich, machte mich fröhlich, auch in den unmöglichsten Situationen. Seine Stimme sang für mich, als wäre sie nur für mich bestimmt. Sie kitzelte in meinem Ohr. Ich vermisse seine Stimme so sehr, dass ich nichts mehr höre.

Was würde ich dafür tun, seinen Atem zu spüren. Er legt sich wie Feenstaub über mich, hüllte mich in sanfte Leichtigkeit und hauchte mir die Ewigkeit ein. Sein Atem auf meiner Haut, in meinem Ohr auf meinen Lippen, war wie mein Lebenselixier. Ich vermisse ihn so sehr, dass ich nichts mehr spüre.

Was würde ich dafür tun, ihn küssen zu dürfen. Seine Küsse entführten mich in eine andere Welt, öffneten mir das Tor zur Unendlichkeit und versprachen mir so viel Liebe, sie zeigten mir eine Welt, aus der ich nie wieder entkommen wollte, ich ließ mich fangen und blieb dort, so lange ich konnte. Ich vermisse seine Küsse so sehr, dass ich kaum sein kann.

Was würde ich tun, um ihn zu sehen, zu spüren, zu schmecken. Ihn einfach bei mir zu haben. Auch wenn er nicht mein ist. Auch wenn er nicht mehr mir gehört. Mein Soulmate fehlt mir so sehr, dass ich alles in Kauf nehmen würde, um ihn einfach nur in meinem Leben zu haben. Nicht ausgegrenzt sein zu müssen. Nicht aus seinem Leben rausgeworfen worden zu sein. Aus unserer Seelenpartnerschaft.

Was würde ich für ihn tun ... alles. Denn ohne ihn erscheint alles leer ...

Niemand sieht das Spiel

Niemand weiß, welches Spiel ich spiele. Niemand weiß, welch innerer Kampf in mir tobt. Denn niemand weiß über das Loch in meinem Bauch Bescheid. Niemand erkennt den Schmerz, den ich in mir trage und versuche, nicht nach außen zu kehren.

Niemand weiß, welche Überwindung es mich kostet, dorthin zu gehen. Den Tag dort zu verbringen und so tun, als wäre alles wie immer. Niemand ahnt die Anstrengung, die es mich kostet, ruhig zu bleiben, nicht auszurasten oder mich aufzulösen. Niemand würde es verstehen.

Niemand sieht meinen Blick, der auf die weiße Wand fällt, auf das Eck hinter meinem Platz. Niemand merkt das nervöse Zappeln meiner Beine oder meinen schnellen Herzschlag, jedes Mal, wenn die Tür geöffnet wird.

Und niemand sieht die heimlichen Versuche, mehr herauszufinden. Und gleichzeitig das Poker Face zu wahren. Niemand spürt, was ich spüre. Aber sie sehen die Traurigkeit in mir. Sie fragen, ob alles in Ordnung ist. Ja natürlich. Und ich spiele weiter. Und werde es morgen auch wieder spielen. Und am Tag danach, und danach. Für immer.

Meine Melodie

Wenn man mitten in der Nacht von einer bekannten Melodie geweckt wird... Einem Rhythmus, den man gleich erkennt, von einem Lied, das aus dem Innersten kommt. Woher kommt es? Kein Radio hat es je gespielt, kein Album hat es in seine Songliste aufgenommen. Und dennoch hörte ich es laut und deutlich, als es mich aufweckte.

Ich hörte die Instrumente, den Bass, die sanften Klänge der Gitarre und meine eigene Stimme. Das ist mein Song. Er gehört nur mir. Fast. Denn ich habe ihn für jemanden anderen geschrieben. Damals saß ich auf einem großen Stein in einer vereinsamten Bucht mit Blick auf eine kleine Meeresgrotte. Der Wind sauste mir durch die Haare und die Sonne ließ sich nur ab und zu blicken. Dort hörte ich diese Melodie zum ersten Mal in mir.

Sie ist kein Meisterwerk. Aber in diesem Moment drückte sie alles aus, was ich mit Worten und Gefühlen ausdrücken konnte. Ich schrieb die Worte auf, hielt die Melodie fest und nahm sie mit nach Hause. Es ist viel passiert, seit mich "The Song of the Sea" inspiriert hat. Aber diese Melodie spielt immer noch in mir.

Ich kann keinen Radio hören, keine Alben hören, ich mag keine Musik hören. Jeder Ton versetzt mir einen Stich ins Herz. Aber meine eigene Melodie höre ich andauernd,

sie begleitet mich, egal wo ich bin. Und es fühlt sich noch immer so an, wie die Worte, die damals aus mir heraussprudelten. Richtig. Es fühlt sich richtig an ... And it feels so right...

Die laute Stille

Es ist dunkel draußen. Die Straßen sind leer. Rundherum nur Stille und das Motorgeräusch. Die Landschaft im Schatten der Dunkelheit zieht ungesehen vorbei, nur ein paar Lichter erregen die Aufmerksamkeit der Augen. Nur das Motorgeräusch. Sonst nichts.

Ein rotes Licht rät ihr, stehen zu bleiben. Bremsen. Sie braucht die Stille, um ihre Gedanken hören zu können, sie zu sortieren. Die Stimmen wahrzunehmen, sich auf die einzige zu konzentrieren, die zählt. Doch jetzt ist die Stille unerträglich. Sie schreit förmlich und sie tippt mit den Fingern am Lenkrad herum. Nein, keine Musik bitte. Das geht noch nicht.

Es ist kurz vor 1 Uhr morgens. Vielleicht geht die Uhr nicht richtig. Vielleicht sind schon Nachrichten im Radio. Irgendetwas, das die Stille verschwinden lässt. Langsam gleitet ihre Hand zum Radio und sie dreht den Lautstärkeregler nach rechts. Oh oh. Ein bekannter Beat und eine Gitarre, die sie zu gut kennt, eine Stimme, die sich seltsam falsch anhört. Bitte nicht. Es wird grün und sie tritt ins Gaspedal, unruhig und betroffen. Bitte nicht dieses Lied. Die ganze Zeit war das Radio aus, es hat keinen Ton von sich gegeben. Jetzt schreit es sie förmlich an mit einem Text, den sie alleine nicht singen möchte, den sie mit einer anderen Stimme verbindet. Aus allen Songs der Welt muss es jetzt gerade dieser sein?

Plötzlich hupt ein Lastwagen. Der Blick wandert blitzschnell vom Radio wieder auf die Straße, wieder in die Realität, ins Hier und Jetzt. Die Finger drehen den Radio wieder ab. Doch das Lied bleibt. Sie hört es mit einer anderen Stimme, mit zwei anderen Stimmen. Und sie hört sie die ganze Nacht... Oh es ist immer noch das Beste...

Die nächtliche Flucht

Hoffentlich wirkt es schnell. Sie kann sich ihren Gedanken nicht stellen. Sie kann es nicht. Sie hofft, dass sie schnell einschlafen kann und in einen traumlosen Schlaf eingehüllt wird. Denn was sie weiß, lässt ihre Gedanken Marathon laufen. Ihr Herz klopft schwer und schnell in ihrer Brust, ihre Kehle beginnt sich zuzuschnüren. Angst macht sich breit.

Ihre Beine zucken vor Nervosität. Sie möchte nur schlafen. Eine kleine Pause vom Gedankenmarathon. Eine kleine Flucht im ganz normalen Wahnsinn des Alltags. Aber sie wird dieses Mal in der Realität nicht flüchten. Sie stellt sich allem, was geschieht. Denn sie weiß immer noch ganz genau, was sie fühlt. Und das ist echt. Manchmal glaubt sie, verrückt zu werden. Und vielleicht ist sie gerade auf dem besten Weg. Ihre Gedanken sind wirr, ein Summen im Ohr versperrt ihr den Weg zu ihrem Innersten. Und doch weiß sie ganz genau, was dort auf sie wartet.

Die Augen werden schwer und sie hofft, dass sie nun bald ihre kleine nächtliche Flucht antreten kann. Doch ihr Herz schlägt zu schnell, um dies schon zu erlauben. Sie fühlt sich, als schwebe sie über sich und würde sich beim verzweifelten Versuch, ruhig zu bleiben und einzuschlafen, selbst zusehen. Doch schön langsam wirkt es. Ein Zusammenspiel aus vielen unterschiedlichen Faktoren. Die körperliche Erschöpfung nimmt nun die Zügel in die Hand und die Passionsblume tut ihr Übriges. Es wirkt. Die Augen werden ganz schwer und sie lässt sich fallen... um kurz zu flüchten...

Die Gratwanderung

Ich spazierte auf einem Weg. Links und rechts von mir nichts Bedeutendes, etwas Wiese, ein paar Steine. Ich wanderte mit verklärtem Blick, doch verließ meinen Weg nicht. Langsam wurden die Steine auf der einen Seite mehr und das Gefälle nahm zu. Die sonnige Wiese auf der anderen Seite schien sich aufzubäumen, steil nach oben. Aber sie war schön. Sehr schön. Sie war magisch. Ich wagte einen Schritt auf diese steile Wiese, die am Anfang so unerreichbar schien. Doch es war ganz einfach, sie zu erklimmen. Die Steigung war plötzlich harmlos, ich konnte nach oben laufen, in Leichtigkeit springen und labte mich an ihrer Sonne. Der Berg war weg. Vor mir eröffnete sich ein wundervoller Blick auf eine wunderschöne Blumenwiese, die mit bunten Blütenblättern und saftigen Bäumen das Paradies sein musste. Es war so einfach, hier zu bleiben. Sie breitete ihre Arme aus und hieß mich willkommen. Sie umarmte mich und ließ mich nicht mehr los. Ich sog den einzigartigen Geruch dieser wunderschönen Umgebung ein, ich wagte nicht, meine Augen auch nur einen Moment zu schließen, aus Angst, etwas zu verpassen. Ich hörte eine perfekte Melodie, die niemals aufhörte. Sie nährte mich, sie wärmte mich und wog mich in Sicherheit. Sie zog mich in ihren Bann, und ich konnte nicht mehr über den Weg hinaus sehen. Weg waren die Steine und der Hang, der sich gefährlich nach unten neigte. Weg war die Unsicherheit über den Weg, weg war der verklärte Blick. Alles war so klar, so rein, so ehrlich. So voll purer Liebe. Hier bin ich angekommen, hier wurde ich willkommen geheißen, umarmt, festgehalten. Hier gehörte ich hin. Für immer.

Doch plötzlich bäumte sich die Wiese auf, der Berg wurde höher. Die Blumen verloren ihre Farbe und die Wiese ließ plötzlich ihre Umarmung los. Ich fiel, und krallte mich fest. Ich rollte nach unten und wurde immer schneller. Plötzlich war der Weg, auf dem ich zuvor unterwegs war, wieder zu sehen. Ich wollte dort nicht wieder hin. Ich wollte auf der Wiese bleiben. Doch sie spuckte mich aus und warf mich weg. Ungebremst fiel ich auf den Grat zu, der aus meinem Weg geworden ist. Ein Grat, der zwei Welten voneinander trennte. Die Wiese, immer noch wunderschön, magisch. Der steinige Abgrund auf der anderen Seite, der eine holprige Schlucht nach unten zeigte. Ich konnte nicht bremsen. Ich fiel immer schneller nach unten und versuchte mich festzuhalten, den Blick nicht abzuwenden. Doch egal, was ich tat, mein Fall war ungebremst. Über den Grat zwischen Glück und Unglück, zwischen Traum und Realität, purzelte ich über den Abgrund. Steine bohrten sich in meine Haut, ein Loch wurde in meinen Bauch geschlagen, schwerer Druck auf meiner Brust. Ich fiel und fiel und fiel. Stop. Ein abrupter Stop setzte meinem Fall ein Ende. Ich lag regungslos da, auf kalten spitzen Steinen. Weit und breit kein Licht. Nur Dunkelheit und Leere. Und nun liege ich hier, unfähig, mich zu bewegen. Ich erkenne keinen Weg, ich sehe keinen Ausgang. Ich komme hier nicht mehr raus. Es gibt keinen Weg, keine Leiter, keine Treppe, die mich aus dieser Dunkelheit führt.

Eine Gratwanderung, die einem nicht bewusst ist. Wie nahe Glück und Unglück, Licht und Dunkelheit, Geborgenheit und Verlorensein beieinander sind. Der Weg, den man entlang schlendert, hat keine Wegweiser, keine Ratschläge und keine Warnungen. Man muss ihn selbst gehen. Und man muss selbst Berge erklimmen, auch wenn sie unerreichbar scheinen. Auch, wenn man danach ganz unten liegt. Und nicht mehr weiß, wie man wieder raus kommt.

Weil ich nie aufhören werde

Es ist das Gefühl von tiefer Sehnsucht. Es ist das Gefühl von Leere, das sich in mir ausbreitet. Ich vermisse dich. Ich vermisse dich so stark, dass ich nichts mehr spüre. Ich spüre keine Kälte, keine Hitze, keinen Hunger, keinen Durst. Ich spüre nur die Leere, den Schmerz. Er spiegelt sich in jeder meiner Bewegungen wider. In jedem Blick. Meine Augen sind schwer, sie kämpfen täglich mit den Tränen, die ungefragt auftauchen. Sie kämpfen mit den Bil- dern in meinem Kopf. Meine Lippen sind taub. Sie kämpfen gegen das Zittern, gegen die Ohnmacht, die sich täglich heranschleicht.

Denke ich an dich, klopft mein Herz. Es klopft wegen all der schönen Erinnerungen, die uns so magisch sein ließen. Und es klopft, weil ich Angst habe. Angst, dich nie wieder zu sehen. Dich nie wieder spüren zu dürfen. Dich nie wieder in den Arm nehmen zu dürfen. Und wenn ich dich sehe, hüpft mein Herz unregelmäßig in meiner Brust. Aus Angst, mich nicht unter Kontrolle zu haben. Aus Angst meinen Impulsen, auf dich zuzulaufen, und dich zu umarmen, nicht unterdrücken zu können. Denn du willst es nicht. Und ich will nichts tun, das du nicht willst.

Doch du siehst den Schmerz, meine schweren Augen, meine tauben Lippen und meinen unregelmäßigen Atem. Ich kriege keine Luft mehr, meine Kehle schnürt sich zu. Ich vermisse dich. Denn ich liebe dich. Immer noch. Und das wird sich nicht ändern. Und trotzdem denkst du, dass ich dich hasse. Aber wie kann ich den Menschen hassen, den ich liebe? Den Menschen, der mich kennt, wie mich keiner kennt. Den einen Menschen, der mir so viel Schönes auf dieser Welt gezeigt hat. Und für den ich gemacht bin. Ich könnte dich nicht hassen, auch wenn ich es wollte. Und ich kann nicht fassen, wie du auch nur den Gedanken haben kannst, ich könnte dich hassen. Mir ein Gefühl zu unterstellen, das so weit weg von der Realität ist. Und das tut weh. Denn meine Liebe zu dir hat rein gar nichts mit Hass zu tun. Aus mir spricht kein Funken Hass. Kein einziger.

Es ist die pure Verzweiflung, die aus mir spricht. Und wenn du ganz ehrlich zu dir bist, weißt du auch, dass ich dich niemals hassen werde. Weil ich nie aufhören werde, dich zu lieben.

ZEIT

Ich hatte mir nie erträumen können, dass einmal ein Mensch in mein Leben tritt, den ich bedingungslos und ohne Zweifel lieben könnte. Dem ich mein Leben anvertrauen würde und mit dem ich über das Leben hinaus alles teilen möchte. Ich hätte mir nie gedacht, dass ich

jemandem verspreche, alles mit ihm zu teilen, alles mit ihm durchzustehen und alles mit ihm zu schaffen. Und dann war er da. Und ich wollte nichts anderes mehr. Ich wollte dieses Leben, ich wollte alles geben, was mir möglich war. Ich wollte so viel mehr geben, als ich mir jemals dachte, dass ich geben könnte. Ich wollte ihm meine Liebe schenken. jeden Tag aufs Neue und jeden Tag ein bisschen mehr als gestern.

Die Zeit heilt alle Wunden. Nein. So einfach ist das leider nicht. Die Zeit nimmt dir gar nichts ab. Ich habe ihm versprochen, ihn ewig zu lieben. Mein Leben und alles, was ich habe mit ihm zu teilen. Und jetzt soll die Zeit es richten, dass es nicht so ist? Jetzt soll die Zeit mir sagen, dass ich mein Versprechen nicht halten muss? Nein, so nicht. Die Zeit wird meine Versprechen nicht entkräften. Sie wird sie auch nicht auflösen, sich nicht mal einmischen. Denn die Zeit hatte mit diesem Versprechen rein gar nichts zu tun.

Wie kann ich das alles versprechen und dann einfach darauf warten, dass der Tag kommt, an dem ich es nicht mehr halten möchte? Wie kann ich es schwören und dann einfach ignorieren? Weitermachen? Mir ein neues Leben suchen? Nein. Das kann ich nicht. Denn das, was ich geschworen und versprochen habe, wird sich niemals in Luft auflösen. Denn es ist so. Es ist nicht einfach etwas, das gesagt wurde und einen Stempel mit "Versprechen" bekam. Es ist einfach so. Das ist keine Entscheidung. Es ist eine Tatsache. Diese Zukunft, dieses Leben, das ich mir so gewünscht habe, das ich ihm versprochen habe, gibt es nicht mehr. Aber auch keine andere. Die Zeit kann das nicht heilen.

ANGST

Sie öffnet ihre Augen. Und spürt den Kloß im Hals. Die Angst beginnt schon vor dem Moment, in dem sie die Augen öffnet. Sie startet jeden Tag mit Angst. Wird es der Tag, an dem sie ihn zum letzten Mal sieht? Wird es dieser Tag, an dem sie das letzte Mal von ihm hört? An dem sie seine Stimme zum letzten Mal hört?

Wird es der Tag, an dem sie etwas vergisst? Ein Detail, das ihrer Erinnerung entwischt? Wird sie vergessen, wie er riecht? Wird sie die farbliche Schattierung seiner Augen vergessen? Wird sie das Gefühl vergessen, wie es sich anfühlte, von ihm berührt zu werden? Wird sie vergessen, wie seine Stimme klingt, wenn er singt, wenn er ihr etwas ins Ohr flüstert? Wird sie vergessen, wie viele Schmetterlinge sie fliegen ließ, als er ihr tief in die Augen blickte?

Sie hat Angst, auch nur einen Augenblick zu vergessen. Und sie hat Angst, dass er aus ihrem Leben verschwindet. Sie hat panische Angst, dass sie ihn nicht mehr spürt.

Sie schließt die Augen. Und spürt den Kloß im Hals. Die Angst begleitet sie, bis die Erschöpfung sie besiegt. Sie ruft sich in Erinnerung, was sie niemals vergessen möchte. Und ihr letzter Gedanke ist: War dies der Tag, an dem sie ihn zum letzten Mal sah?

Die Umarmung

Es ist etwas dunkel hier, aber ein paar Straßenlaternen erhellen den Weg. Ich spüre Fröhlichkeit, Geborgenheit, Sicherheit und ein Gefühl, das ich nicht genau einschätzen kann. Aber ich genieße es in vollen Zügen. Ich will es nicht mehr hergeben. Ich kenne diese Situation. Ich war hier schonmal.

Eine leicht vertraute Hand nimmt die meine und hilft mir auf die Parkbank. „Ich helfe dir, deine Ängste zu besiegen", spricht die dazugehörige Stimme. Ich mag diese Stimme. Sie gibt mir ein wunderschönes Gefühl und in jedem Ton vermittelt sie mir, dass ich besonders bin. Ich steige auf

die Parkbank und blicke in diese Augen, von denen ich mich lösen muss, um nicht darin zu versinken. „Und jetzt ... Hüpf! Ich bin da!" Und ich hüpfe von der Parkbank. Ich und meine Angst vor niedrigen Höhen. Vor Stühlen und Tischen, Leitern ... und auch Parkbänken. Aber jetzt... kein Grund auch nur annähernd Angst zu haben. Diese Augen strahlen mich an und diese zärtliche Hand greift nach meiner. Sie zieht mich zu den wenigen Bäumen, die den Weg säumen.

„Und jetzt besiege ich meine Angst! Komm!" Die Stimme führt mich zu einem Baum und die Hand lässt mich los. Er berührt mit seinen Händen den Baum und blickt nach oben. Fast als würde er sagen „... ganz schön hoch", aber er lässt sich nicht beirren. „Ich muss da rauf!"

„Nein", höre ich meine Stimme, „bitte, du tust dir weh!" Ich höre Sorge und etwas Angst in ihr. Ich sehe wie meine Hände instinktiv zu ihm greifen, ihn festhalten, um ihn am Boden zu halten. „Bitte nicht, du tust dir weh", höre ich mich weiter sagen, doch ich spüre ein breites Grinsen auf meinem Gesicht. Diese Augen. Und dieses Lächeln, das gerade nur ich sehe. Ich bin gefangen. „Dieser Baum ist ganz schön dick ... Denkst du, wir können ihn gemeinsam umarmen?", fragt er euphorisch und schon sehe ich nichts mehr von ihm, außer seinen ausgestreckten Armen und seinen Händen, die nach meinen suchen. Ich weiß nicht, was ich tue. Ich zögere kurz, folge jedoch gleich meinem Impuls, meinem Gefühl, diese Hände halten zu wollen und dieses Gefühl so lange wie möglich zu behalten. Ich breite meine Arme aus und meine Hände berühren seine. Er greift nach ihnen und verschränkt seine Finger mit meinen. Und da ist er. Dieser Blitz, der durch meinen Körper fährt, der die Welt stillstehen und alles andere verschwinden lässt.

Dieser Blitz, vor dem ich etwas gebangt hatte, der aber weder verwunderlich, noch aufhaltbar war. Dieser Blitz, der mich für wenige Sekunden in eine Welt entführte, die ich nicht mehr aufgeben wollte. Doch sie war nicht erlaubt. Er hielt meine Hände fest und nun tanzten tausend Fragezeichen vor mir herum... und insgeheim wusste ich die Antworten auf alle.

Ich ließ lockerer, und kurz hielt er noch fest, dann ließen auch seine Hände los. Ich wusste nicht, wie ich auf diese Augen reagieren würde, die gleich hinter dem Baum, den wir gerade umarmt hatten, hervorblicken würden. Ich spürte das Glühen auf meinen Wangen und sah ihn sprachlos an. Kein Wort kam über unsere Lippen. Er blickte weg von mir auf den Baum und sagte: „Das ist jetzt mein Lieblingsbaum." Und noch einmal versuchte er ihn zu erklettern.

Lachend nahm er meine Hand, öffnete sie und legte ein kleines Stück Baumrinde hinein. „Ein Geschenk", grinste er.

*****

Ich öffne meine Augen. Und da liegt es. Das kleine Stück Baumrinde. Mein Geschenk. Es war nicht nur ein Traum. Zumindest war es einmal real. Dieses kleine Stück von dem Baum, bei dem er mir diesen Blitz schenkte. Auch er war real. Und er ist immer wieder real. In meinen Träumen. In meiner Erinnerung. Und in meinem Herzen.

Der Klang der Stille

Wenn alles rundherum zu laut wird. Die Stimmen der Menschen, die Geräusche auf der Straße, sogar das Tippen auf der Computertastatur. Wenn Musik, die einem sonst den Tag versüßt, nur mehr Lärm im Kopf verursacht, und Schmerz. Wenn Menschen reden, und es nicht mehr ankommt. Wenn jedes Geräusch sich einbrennt, und nicht mehr weggeht. Dann ist es zu laut. Zu laut, um sich selbst verstehen zu können. Zu laut, um die innere Stimme herauszuhören. Ganz zu schweigen davon, sie zu verstehen und deuten zu können.

Manchmal muss man die Stille suchen, um sich selbst wieder hören zu können. Um der inneren Stimme die Chance geben zu können, sich mitzuteilen. Um die vielen inneren Stimmen zu sortieren. Um das, was man wirklich denkt und fühlt, spüren zu können. Und zu erfahren, was man wirklich will. Zu erkennen, was seine Bestimmung ist. Und zu wissen, wohin der Weg führt. In der Stille, kann die Seele sprechen. Vielleicht muss man zuerst den Geist zum Schweigen bringen, um das Herz wieder zu fühlen. Um die Stille sprechen zu hören, um zu erkennen, was das Herz schon lange weiß. Die Augen schließen und in der Stille sein. Und diese abertausenden Gefühle sprechen lassen. Genauso wie sie sind. Nicht verfärbt von allen Geräuschen rundherum.

Manchmal muss man die Stille suchen, um die innere Stimme zu hören und seinem Herzen folgen zu können ...

Was sie in der Stille hört

Sie schließt die Autotür hinter sich. Es hat soeben angefangen zu regnen, aber das macht ihr nichts aus. Sie setzt ihre neue Brille auf, die sie scheinbar jetzt zum Autofahren benötigt und beißt mit den Zähnen das Zellophan auf, das ihre neu erworbene CD umhüllt. Ein paar Schritte hinter ihr liegt die Release-Party dieses Albums und sie will ihn nochmal hören. Den Song, der sie schon dort, live auf der hölzernen Bühne, zu Tränen gerührt hat. Ist das eine gute Idee beim Autofahren? Ach, das war vermutlich nur der Live-Faktor.

Aber die schöne Melodie geht ihr nicht aus dem Kopf. Sie schiebt die CD ein und sucht auf dem Cover nach der Nummer. Nummer 9. Es klickt neun Mal und schon hört sie die stimmigen Anfangsharmonien des Songs. Sie dreht den Schlüssel und der Wagen zündet. Links fahren, erinnert sie sich selbst und sagt es sich in den ersten Metern wie ein Mantra vor. In England fahren ist kein Problem mehr, aber sie kennt die Gegend nicht und hat 45 Minuten Landwege im Regen bei Nacht vor sich.

Die sanfte Stimme der Sängerin ertönt, und sie hört auf den Text. Berufskrankheit, denkt sie still vor sich hin. Warum kann sie einen Song nicht einfach mal so genießen, wie jeder andere? Sie haftet regelrecht an den akustischen Lippen dieses Songs und sie kann sich in jedes einzelne Wort, in jede Silbe hinein versetzen. Dieser Song ist so verletzlich, so ehrlich, so wahrhaftig. Er beschreibt jedes Gefühl, jede feine Nuance, die sich im Herzen abspielt und die verletzliche Stimme tut ihr Übriges. Bei der zweiten Strophe laufen ihr bereits Tränen über die Wangen. Und sie bereut, die Brille aufgesetzt zu haben. Nicht praktisch. Autofahren mit Brille und Tränen. Keine gute Kombination. Sind es meine Tränen oder ist es der Regen, der die Fahrbahn etwas schummrig wirken lässt?, fragt sie sich laut. Aber es ist egal. Denn sie drückt auf Wiederholung und dreht die Lautstärke hinauf. Sie möchte jede Faser dieses Liedes in jede Faser von sich aufnehmen. Sie spürt es, sie fühlt genau, was diese Stimme hier musikalisch erzählt.

Sie erzählt von einer seltsamen Leere, die ihr Angst macht. Von der Hilflosigkeit, sich auf einen anderen Menschen verlassen zu müssen. Sie erzählt von instinktiven und total irrationalen Aktionen, die man für bestimmte Menschen, ohne auch nur eine Sekunde darüber nachzudenken, tun würde. Nicht für bestimmte Menschen. Für diesen einen Menschen. Und ja, sie kennt das Gefühl. Meine wundervolle Bürde. Und gleichzeitig meine einzig wahre Liebe. Wie verrückt das alles ist. Denn sie denkt genau in diesem Moment an diesen Menschen und kann gar nicht erwarten, heimzukommen, um ihm von diesem musikalisch wertvollen Abend zu berichten. Weit weg von ihr. Und doch weiß sie, dass er darauf wartet. Sie ist sich sicher, dass genau er ihre wundervolle Bürde ist, und dass, egal wie schwer es ist, sie diese Bürde voller Liebe auf sich nimmt. Ohne Kompromisse, ohne Bedingungen, ohne Zweifel.

Als sie sich schön langsam ihrem Haus nähert, drückt sie die Knöpfe des CD-Players. Sie möchte nicht weinen, wenn sie sich bei ihm meldet. Sie möchte ihm voller Freu- de erzählen, was sie an diesem Abend erlebt hatte. Und doch war die Heimfahrt mit dem Song im Ohr, mit dieser Geschichte, eines der wichtigsten Aspekte. Das Lied macht sie unglaublich glücklich und sehr traurig zur gleichen Zeit. Sie liebt diesen Song. Aber irgendwie hat sie Angst, ihn nochmal zu hören. Er weckt so viele Gefühle in ihr. Sie ist ängstlich. Sie will den Song nicht mehr hören. Sie klickt auf Nummer 5 und fragt sich die gleiche Frage, wie die Stimme aus dem Lautsprecher: Wo verdammt warst du die ganze Zeit?

*****

Hier in der Stille. Sie ist bereits seit fünf Tagen in der Stille. Sie sucht die Stille, sie will nichts hören. Schon gar keine Musik. Sie liest, sie schreibt, sie sortiert sich. Doch immer wieder kommt diese Melodie in ihren Kopf. Sie will sie nicht hören. So einzigartig schön und so traurig zugleich. Sie schiebt sie weg. Doch je weiter sie sie weg schiebt, desto aufdringlicher kehrt sie zurück. Mit eindeutigen Botschaften an ihr Herz. Sie will das nicht hören. Sie dreht das Wasser in der Dusche ganz heiß auf und der Spiegel beschlägt sich. Vor lauter heißem Dampf sieht sie kaum etwas und hört dem Rauschen des Wassers zu. Endlich Stille. Sie stellt sich unter den kräftigen Strahl der Dusche und lässt das Quellwasser über ihr Gesicht laufen. Sie hört nichts. Wasser füllt ihre Ohren auf und alles versinkt in dumpfem Geplätscher. Was ist das? Wer spielt hier Musik? Keiner spielt hier Musik. Die Musik ist in ihrem Kopf. Sie ist in jeder Faser ihres Körpers. Wollte sie das denn damals nicht?

Ja, das wollte sie. Sie wollte diesen Song in sich aufnehmen. Aber jetzt möchte sie ihn nicht hören. Sie möchte ihn nicht mehr hören. Sie hat ihn seither nicht mehr angehört und hat nicht vor dies zu ändern. Zu viel Angst ist darin enthalten, die sich leider bewahrheitet hat. Zu wahr ist ihre größte Angst geworden. Und jetzt möchte sie sich nicht von diesem Song damit konfrontieren lassen. Ja, sie liebt ihn, den Song. Und er klingt nach wie vor wunderschön.

Aber sie kann ihn jetzt nicht hören. Das geht nicht. Über diese ... die wunderschöne Bürde. Und es wird auch später nicht gehen, auch morgen nicht. Oder übermorgen. Sie möchte einfach nur in der Stille sein.

Das war der Plan. Aber dieser Song ... und einige andere hartnäckige Melodien, gönnen ihr keine Stille. Wie soll sie ihre eigenen Stimmen sortieren, wenn ihr diese Melodien ständig etwas sagen wollen? Wie soll sie verstehen, was ihre eigene Stimme sagt? Und was, wenn sie genau das sagt, was diese Melodien ihr sagen wollen?

GEDANKENKARUSSEL

Es klingelt und dreht sich und hört nicht auf. Es dreht sich im Kreis und kommt immer wieder an denselben Punkten vorbei. Immer wieder an den gleichen Gesichtern, an den gleichen Gebäuden und immer wieder an den gleichen Gefühlen. Immer wieder und unablässig dreht sich das Gedankenkarussell weiter. Das Gewicht ihrer Gedanken bringt das Karussell aus dem Gleichgewicht, es tänzelt in unregelmäßigen Runden um sich selbst herum.

Sobald sie die Augen öffnet, bleibt wieder alles stehen. Die Geschwindigkeit reduziert sich. Sie ist wieder da, wo sie gerade wirklich ist. Doch kaum schließt sie die Augen wieder, schießen bunte Bilder vor ihrem inneren Auge hin und her. Wie ein Daumenkino, das viel zu schnell ist. Fetzen und Bruchteile von Erinnerungen. Ein kaputter Wanderschuh, ein umgefallener Sonnenschirm, ein Schmetterling, der direkt vor der Nase herumtanzt. Was soll das nur? Eine kühle Brise, die ihre Haare zerzaust, ein Sonnenstrahl, der sie leuchten lässt, blaue Augen, die sie liebevoll anblicken. Eine Berührung, die ihr vertraut ist, ein Geruch, den sie kennt und diese Hände, die sie so sehr vermisst.

Sie öffnet die Augen. Ihr ist fast schwindelig von all diesen Gedanken. Wie in einem Karussell, das niemals stehen bleibt, kommt sie sich vor. Sie schwankt und sucht Halt auf dem realen Holzboden. Sie blickt aus dem großen Fenster und sieht hinab in das Tal, das von sanften Berggipfeln umsäumt wird. Sie versucht es noch einmal. Sie muss die Ruhe in sich finden. Noch einmal schließt sie die Augen und sucht das schwarze Nichts. Doch sogleich beginnen die Bilder sich wieder zu drehen. Das Daumenkino ist schneller als zuvor, das Karussell ist aus allen Fugen geraten und dreht sich immer weiter, ohne langsamer zu werden. Es wird schneller und wieder sieht sie diese blauen Augen und diese leicht geöffneten Lippen, die versuchen ihr etwas zu sagen, doch zu schnell ist das Bild wieder weg und ein Strauß bunter Rosen steht auf einem Tisch, eine Lasagne wird aus dem Ofen geholt und der Reißverschluss eines Zeltes wird geschlossen. Erdbeeren in einem

Glas mit sprudelndem Inhalt, eine türkise Hängematte, ein weißes T-Shirt und eine braune Ledercouch. Ein grün gestrichenes Metallgeländer, dahinter ein ruhiger Fluss, eine Gitarre mit goldenem Lack und ein helloranges Sofa, eine britische Flagge.

Sie reißt ihre Augen auf und atmet schnell. Sie versucht, kontrolliert zu atmen und den Boden unter ihren Füßen zu spüren. Sie steht gerade, aber schwankt wieder leicht. Sie sucht ein anderes Augenpaar, als das blaue, das sie immer sieht, sobald sie die ihren schließt. Ein Paar brauner Augen blickt sie an. „Alles okay?", fragt die Frauenstimme. „Es ist so viel, es ist so schnell, wie ein Karussell, ich kann es nicht stoppen!" Die Frau geht zu ihr hin und lächelt. Sie legt eine Hand auf ihre Schulter und spricht leise und bedacht: „Du musst deine Gedanken ordnen. Du hast deine innere Stimme lange nicht gehört, sie lange nicht zu Wort kommen lassen. In der Stille meldet sie sich. Aber jetzt kommt alles auf einmal. Gibt dir die Zeit, deine Gedanken zu ordnen."
Sie atmet lange und langsam aus, als wäre sie gerade zehn Kilometer gelaufen, und stützt sich auf ihre Knie. „Wann hört das auf? Wie lange dauert es?" Die freundliche Stim- me erklärt: „Das kann ich dir nicht sagen, es liegt ganz bei dir. Je eher du dich mit diesen Themen auseinander setzt, desto eher wird Ordnung in das Chaos kommen. Desto eher kannst du dich selbst und deine Gedanken sortieren. Wie ein Karussell sagst du? Das ist ganz normal, du drehst dich im Kreis und deine Gedanken machen es so wie du." Sie lächelt nochmal, dreht sich um und geht wieder zum Fenster, durch das sie die Berge betrachtet.

„So sieht es also in mir drinnen aus", denkt sie. „Ein ganz schönes Chaos ..."

Unachtsam

Wie ein dünner hellroter Faden schlängelt es sich entlang der glatten Keramik. Bis zum Abfluss. Der Faden wir immer länger und zieht sich in Schlangenlinien über die glänzende Oberfläche. Der Faden wird dicker und dunkler. Ein dunkelroter dicker Faden, der einen farblichen Kontrast zum glänzenden Weiß bietet. Blut. In einem Moment der Unachtsamkeit, verletzt man sich selbst. Nur ein Bruchteil einer Sekunde reicht und wir sind verletzt, verwundet und bluten. Ist es nur ein kleiner Kratzer oder ein tiefer Schnitt, die Verletzung ist geschehen und hinterlässt Narben. Auch wenn sie kaum sichtbar sind. Jeder Mensch ist übersäht mit vielen Narben, die uns nie mehr so sein lassen, wie zuvor.

Wie oft sind wir unachtsam und verletzten womöglich nicht nur uns selbst, sondern auch andere? Es ist nicht bewusst oder gar mit bösen Absichten, aber wir verletzen – täglich. Andere und vor allem uns selbst. Indem wir lächeln, wenn wir nicht lächeln wollen. Indem wir freundlich und lustig sind, wenn uns eigentlich danach ist, uns die Decke über den Kopf zu ziehen. Indem wir uns verstellen und anderen etwas vor machen. Oder gar uns selbst. Und auch, wenn wir niemals die Absicht hatten, jemand anderen zu verletzen, ist es geschehen. Die Wunde ist offen. Es blutet. Das Blut fließt unkontrolliert in alle Richtungen, ein stechender Schmerz schießt durch den Körper und man geht in Schonhaltung. Eine Haltung, in der man den Schmerz aushält.

Ihn ertragen kann. Nach einiger Zeit, verheilt die Wunde vielleicht. Es entsteht eine Kruste und irgendwann fällt sie ab. Sie stößt sich unaufhaltbar vom Körper ab. Dennoch bleibt eine Narbe. Und sie bleibt ein Leben lang. Sie lässt sich nicht abwaschen, wie der Faden, der zuerst in hellem Orange-Rot und später in intensivem Dunkelrot auf Weiß funkelt. Wie Rubine, die sich ihren Weg in die Freiheit bahnen. Wie ein Schmerz, der einfach im Abfluss verschwindet. Doch was bleibt, ist eine Narbe. Egal wie sehr man sich darum kümmert. Wie sehr man mit sensibler Behutsamkeit mit der Wunde umgeht, es bleibt immer eine Erinnerung.

Egal ob bei einem selbst, oder bei anderen. Ändert eine Entschuldigung etwas?

Wirft man (in Unachtsamkeit oder auch nicht) einen Teller zu Boden, zerspringt er in viele kleine Einzelteile. Wenn es einem leid tut, dann versucht man, den Teller wieder zu kitten. Zu kleben. Die Einzelteile vorsichtig aneinander zu reihen und mit Kleber wieder ganz zu machen. Der Kleber trocknet und danach ist der Teller wieder ganz. Zumindest funktioniert er wieder als Teller. Schließlich hat man sich ganz akribisch bemüht, den Teller wiederherzustellen. Wirft man jedoch einen Blick darauf, sieht man genau, dass der Teller bereits zersprungen war. Man sieht seine Narben, die Rückstände des Klebers, vielleicht fehlen ein paar Stücke. Nein, er ist nicht mehr derselbe. Und das wird er nie wieder sein.

Das Gefühl der Welle

Gefühle. Sie begleiten uns. Und zwar in jeder Sekunde unseres Lebens. Man kann nicht nicht fühlen. Jeder Moment bringt ein Gefühl mit sich, ob positiv oder negativ oder auch neutral. Manchmal sind sie kaum vernehmbar, und manchmal kommen sie wie eine Welle auf dich zu, wirbeln dich durch, lassen dich nicht mehr atmen oder füllen dich mit Leben. Sie werfen dich mit voller Kraft um und du kannst dich nicht wehren. Manchmal willst du das auch nicht. Und manchmal schubsen sie dich in die richtige Richtung und es scheint, als könntest du das erste Mal im Leben so richtig atmen.

Manche Gefühle streicheln dich, wie eine sanfte Brise am Meer. Sie berühren deine Wange, wie ein flüchtiger Kuss. Kaum da, auch schonwieder weg. Manche kitzeln dich an den Zehen, wie die kleine weiße Welle in der Brandung, die versucht, sich am Sand festzuhalten. Und doch ist es nur ein Augenblick, der sich schön anfühlt.

Und manche Gefühle sind unaufhaltbar. Wie Wellen im Ozean. Sie entstehen im Stillen in der Ferne. Sie bauen sich langsam auf, bis sie eine kleine Bewegung in dir auslösen. Wenn es sich richtig anfühlt, dann werden sie größer, sie entwickeln sich weiter und nutzen die gesamte Kraft des Meeres. Sie nehmen alles um sich ein, jeden Millimeter Wasser saugen sie in sich auf, um weiter zu wachsen. Um in sich stärker zu werden, um dem Widerstand des Wassers stark zu begegnen und weiter zu reisen. Sie bauen sich auf und schützen sich selbst, die Wellen werden immer größer und geben auch immer ein Stück von sich selbst

ab, nur um danach gleich wieder etwas von der Umgebung aufzunehmen. Ein Geben und ein Nehmen. Und das alles mit einer überzeugenden Kraft, sodass man kein Argument dagegen finden kann. Es ist so. Es lässt sich nicht ändern.

Du siehst, wie die Welle aus der Ferne immer größer wird und auf dich zukommt. Du ahnst nicht, mit welcher Kraft sie dir begegnen wird und ob du mit der Welle gehst, oder ob sie dich umwirft. Du hast keine Wahl. Sie ist da und lässt sich nicht abschütteln. Jeder Tropfen der Welle schmiegt sich an deine Haut, sie benetzt die feinen Härchen auf deinem Körper und nimmt dich schließlich ganz ein. Sie dringt in jede Pore ein. Sie lässt dich deine Augen schließen. Und du lässt es passieren. Die Welle hat die Macht übernommen. Lässt du dich umwerfen? Wirst du ihr standhalten? Oder nimmst du die Welle, so wie sie kommt?

Gefühle sind wie Wellen. Sie lassen sich nicht stoppen oder aufhalten. Aber wir können lernen, auf ihnen zu surfen. Wir können uns ihnen hingeben. Funktioniert es, wenn wir uns ihnen widersetzen? Ja, es funktioniert. Zumindest für ein paar Augenblicke. Unsere Zehen krallen sich in den Sand, unsere Arme versuchen die Balance zu halten. Unser Wille ist eisern. Doch die Kraft des Meeres ist zu stark, viel stärker, als wir selbst. Viel viel stärker, als wir jemals geahnt hätten. Widersetzen wir uns ihrer Kraft, so reißt sie uns um. Wir sind unter Wasser, rudern mit den Händen und treten um uns. Wir halten den Atem an. Wir versuchen, hier rauszukommen. Wir kämpfen. Wir sind nicht wir selbst. Würden wir die Welle begrüßen, willkommen heißen, würden wir uns darauf einlassen, sie ganz nah an uns heranlassen, dann würde sie uns nicht umwerfen. Sie würde uns an der Hand nehmen und uns auf ihr schweben lassen. Sie würde uns sicher mit sich nehmen, sie würde sich mit unserer eigenen Kraft vereinen und gemeinsam würden wir sicher am Strand ankommen.

Du weißt nie, was der Ozean für dich bereit hält. Du weißt nie, was deine Gefühle mit dir machen. Aber du hast es in der Hand, ob du kämpfst, oder sie willkommen heißt.

ES WAREN EINMAL SEELENPARTNER

Es waren einmal zwei Seelen. Sie wussten von ihrer Existenz bereits, da kannten sie sich noch lange nicht. Sie tanzten schon miteinander, bevor sie sich irdisch treffen konnten. Sie schmiedeten Pläne, teilten ihre Träume und freuten sich auf den Tag, an dem sie sich auf dieser Welt gegenseitig zu erkennen geben konnten. An diesem Tag funkelten vier Augen mit einer seltsam bekannten Freude und Vertrautheit. Die Seelen erkannten sich sofort und ließen ihren irdischen Spiegeln Zeit, sich an die gleichzeitige Präsenz zu gewöhnen.

Und irgendwann strahlten sie sich gegenseitig an, ihr Lächeln war unverkennbar jenes von Seelenpartnern. Sie waren Partner. Und das schon lange vor ihrer Zeit. Sie wussten jedes Zeichen zu deuten, sie spürten den Schmerz, die Freude und die Zweifel des anderen. Sie motivierten sich gegenseitig, bestärkten und ermutigten sich, denn sie wussten genau von den Talenten des anderen. Sie wussten, dass sie gemeinsam alles schaffen könnten, was sie nur wollten.

Doch was, wenn eine Seele plötzlich etwas anderes will? Wenn eine Seele von den gemeinsamen Träumen Abschied nimmt? Wenn eine Seele die andere aussperrt und aus ihrem Leben löscht? Ist es dann noch die gleiche Seele, hat diese eine Seele die Spur gewechselt? Was, wenn sich diese eine Seele vor der Verantwortung der Seelenverwandtschaft drückt, wenn sie sämtliche gemeinsamen Gefühle zur Seite schiebt, wenn sie das alles nicht mehr will?

Diese Seele funktioniert nicht mehr. Sie hat aufgegeben. Sie will keine Verantwortung übernehmen, sie macht sich aus dem Staub. Sie hinterlässt eine halbe Seele, die nicht mehr ganz sein kann. Sie dreht sich um und reißt ihren Seelenpartner in Stücke. Verwirrt irrt die verlassene Seele umher und sucht den Partner, der schon so lange an ihrer Seite war. Doch er ist nicht mehr zu finden. Er hat sich verwandelt. In jemanden, der er glaubt sein zu müssen, oder zu wollen. In jemanden, der funktioniert, aber nicht mehr fühlt. In jemanden, der glaubt, etwas tun zu müssen, was die Partnerseele nie verlangt hat.

Diese Seele gibt es nicht mehr. Die gemeinsamen Aspekte beider Seelen, die sie so unaufhaltsam miteinander verbunden hatten, wurden gekapt. Die Seele sucht und findet den Partner nicht mehr. Weil es ihn nicht mehr gibt. Zumindest nicht so, wie sie ihn kannte. Er schwirrt in ihrer Nähe herum, aber sie erkennt ihn nicht. Alles ist so anders. Es gibt ihn nicht mehr. Er ist nicht mehr der, der er war, als sie Seelenpartner waren. Als sie sich nicht suchen mussten, um sich zu finden. Als sie eins waren im Geiste und im Herzen. All das ist Vergangenheit. Die Seelen sind nun gebrochen und alleine unterwegs und können nicht mehr ganz werden. Denn das eine Puzzleteil hat gewollt die Form verändert.

Es passt nicht mehr. Es ist nicht mehr das, das gepasst hat. Es hat nicht mehr das Leuchten, das das andere angezogen hat. Es leuchtet gar nicht mehr.

*****

Man sagt, der Unterschied zwischen der Liebe und der Seelenverwandtschaft ist, dass man sich eine davon aussuchen kann, die andere jedoch nicht...

Durch meine Augen

Ich wollte dir immer etwas zeigen. Ich wollte dich etwas sehen lassen. Aber es war mir leider nie möglich. Ich wollte dir immer zeigen, wie ich dich sehe. Ich wünschte, du hättest sehen können, wie du in meinen Augen ausgesehen hast. Wie du dich angefühlt hast, wie wir uns aus meiner Sicht angefühlt haben. Ich wollte dir immer zeigen, was du in meinen Augen alles kannst, was du schaffst und bewegst, was du in mir auslöst. Ich konnte es leider nicht. Ich habe versucht, es in Worte zu fassen, aber es gelang mir leider nicht. Nicht mal annähernd. Ich hätte dir in Worten niemals sagen können, was du mir bedeutest.

Ich wünschte, ich hätte es gekonnt. Ich wünschte, ich hätte dir diesen Blick bieten können, diese bedingungslose Liebe, das Vertrauen, die Sicherheit. Das Gefühl der Geborgenheit. Das Wissen, dass alles gut wird. Ich wollte dich sehen lassen, wie glücklich du mich gemacht hast. Und wie sehr ich mich auf unser Leben gefreut habe.

Aber der Gedanke, was du jetzt durch meine Augen sehen könntest, schmerzt. Ich würde dich jetzt nicht mehr durch meine Augen sehen lassen wollen. Denn dann würdest du sehen und spüren, wie es mir wirklich geht. Dann würdest du wissen, wie ich in mir zusammenfalle, wie ich mich Minute für Minute mehr auflöse, wie ich kaputt gehe. Du würdest hinter einem verschwommenen Vorhang die Welt an dir vorbeiziehen sehen, ohne Bedeutung, ohne Gefühl, ohne Sicherheit, Geborgenheit oder Hoffnung. Du würdest die Verzweiflung sehen, die mich bei jedem Atemzug begleitet. Du würdest die Leere sehen, wenn du in den Spiegel siehst. Eine leere Hülle. Das ist es, was übrig ist. Alles andere hast du dir mitgenommen. Aber du willst es nicht mal mehr. Du hast einfach alles mitgenommen. Sogar die Chance, dir zu zeigen, dass ich dich glücklich machen kann. Und meine Melodie. Unter deinen Sohlen hast du das Knirschen der Scherben gespürt. Du hast die Truhe mit aller Kraft aufgebrochen, um herauszufinden, was dich darin erwartet, ihre Splitter ziehen sich über den Boden. Du hast dir den Inhalt genommen und mir den Rücken gekehrt. Und es war so viel mehr als ein Freundschaftsring.

Nein, ich will nicht, dass du jetzt durch meine Augen sehen kannst. Doch ich hätte es dir damals so gerne gezeigt.

Dann hättest du gesehen, welches Wunder du in meinen Auge bist. Welches Wunder wir in meinen Augen waren.

Guten Morgen. Gute Nacht.

Das erste, das ich morgens tat, war ihm Guten Morgen zu wünschen. Mein erster Gedanke gehörte ihm. Und auch mein letzter Gedanke gehörte ihm. Gute Nacht, schlaf gut und träum was Schönes. Ich liebe dich.

Er war mein erster und mein letzter Gedanke und ich sagte es ihm auch. Jeden Tag stand ich mit ihm auf und ging mit ihm schlafen. Auch wenn er nicht bei mir war. Auch wenn wir nur den Gedanken teilten, gemeinsam einschlafen zu können. Aber das war okay. Denn er sagte, wir hätten noch unser ganzes Leben vor uns.

Ich fand es schön, jemanden zu haben, mit dem man in den Tag starten konnte. Ich fand es schön, zu fragen, ob er gut geschlafen hat. Auch wenn er meistens nicht gut geschlafen hatte. Ich machte es mir zur Aufgabe, ihn eines Tages wieder richtig gut schlafen lassen zu können. Ich liebte es, wenn er mir mit schweren Augenlidern noch eine gute Nacht wünschte, wenn er mir noch einen Kuss schickte, und wenn er mich auf eine Traumreise mitnahm. Es war der perfekte Rahmen für den Tag. Ganz egal, ob der Tag auch nur annähernd perfekt war oder eine Herausforderung. Wir haben es geteilt. Ich wachte jeden Tag mit einem Lächeln auf und schlief jeden Tag mit einem Lächeln ein.

Jetzt habe ich Angst vor dem Einschlafen. Weil ich weiß, was ich im Traum sehen werde. Ich habe Angst vor dem Aufwachen, weil ich weiß, was ich danach fühlen werde. Es gibt keinen Rahmen mehr. Es gibt kein Lächeln mehr. Und die Tage versinken in einem schalen Grau. In jeder Nacht ergeht ein Sturm über mich. Würde er mir morgen Früh einen guten Morgen wünschen und mich fragen, ob ich gut geschlafen hätte... dann müsste ich mir eine Geschichte überlegen. Denn das, was ich nachts erlebe, dafür gibt es keine Worte. Und ich weiß auch nicht, ob er endlich gut schlafen kann.

Wenn es anders wäre

Wir glauben, dass Liebe einen wie einen Blitz treffen muss. Schmetterlinge im Bauch, rosarote Brille und tausende Frühlingsgefühle, die um die Wette laufen. Doch schnell können diese Gefühle auch wieder vorbei sein. War es dann Liebe? War es eine Laune der Natur? War es eine verdrängte Gastritis?

Was ist, wenn Liebe sich ganz anders anfühlt, als wir immer glauben. Was ist, wenn Liebe sich ganz anders zeigt, als durch den Wunsch, den anderen ganz für sich zu haben? Was, wenn Liebe viel tiefer geht, als man an sich denkt und diesen Menschen unbedingt in seinem Leben haben möchte? Was ist, wenn wahre Liebe komplett selbstlos ist?

Wenn man den anderen glücklich sehen möchte, egal mit wem und egal wo. Wenn der andere über einem selbst steht und man ihn bis in seine Grundfesten als Mensch respektiert und schätzt und seine Meinung ernst nimmt. Wenn man nicht ständig darauf wartet, von ihm berührt zu werden und seinen Geruch wahrzunehmen. Was ist, wenn es eigentlich um etwas ganz anderes geht?

Wenn man für den anderen alles stehen und liegen lässt und ihm zur Hilfe eilt, wenn er einen braucht. Wenn er sich meldet und ein sanftes Lächeln auf das Gesicht zaubert, das nur er vollbringen kann. Wenn es einem in der Seele schmerzt, wenn es ihm nicht gut geht und er an sich zweifelt, während man selbst denkt, was für einen wundervollen Menschen man in seinem Leben haben darf. Wenn der andere ganz weit weg ist und man ihm sich dennoch nahe fühlt. Ganz ohne Schmetterlinge, ganz ohne rosarote Brille, ganz ohne Frühlingsgefühle.

Wenn man weiß, was man an diesem Menschen hat, woran man ist und sich sicher ist, dass dieser Mensch ein Leben lang eine wichtige Rolle spielen wird. Wenn man sich eine Zukunft ohne ihn nicht ausmalen möchte, aber damit leben kann, wenn er seine Zukunft mit jemandem anderen teilt.

Wenn man einfach glücklich ist, wenn er erzählt, dass es ihm gut geht, auch wenn er mit jemandem anderen glücklich ist. Mit ein bisschen Wehmut. Denn irgendwie denkt man, wenn das die wirklich, echte, wahre Liebe ist, dann ist er trotzdem zu weit weg. Oder das Timing ist einfach grottenschlecht.

ERDBEBEN

Es ist wie ein Erdbeben, das sie überrollt. Es kommt unangekündigt und man weiß nicht, wie stark es wird oder wie lange es bleibt. Es fängt meistens ganz leicht an, und der Boden unter ihren Füßen bewegt sich ein wenig. Als würde er sich auftun und sie mit sich reißen. Doch der Boden bleibt geschlossen, er verändert sich nicht. Sie blickt zu ihren Füßen und sucht nach Rissen oder Dellen, aber nichts ist zu sehen.

Manchmal ist es ein Beben, dass sie zucken lässt und ihr ein Loch in den Bauch zu reißen scheint. Gerade dann, wenn sie glaubt, es sei wieder etwas gefüllt. Dieses Zittern lässt sie nach unten sehen und sie schließt die Hände um das Loch in ihrem Bauch. Es gibt kein Loch. Aber sie kann es genau fühlen. Mit jedem Zittern pfeift Luft durch das Loch und sie krümmt sich, um es kleiner zu machen.

Und manchmal bebt ihre ganze Welt. Es ruckt und zuckt, doch weder stehen die Bilder an der Wand schief, noch fällt etwas um. Nicht mal das Wasser im Glas schaukelt einen Moment. Es ist ein Erdbeben, das in ihr tobt. Es erschüttert ihre ganze Welt, lässt sie schwanken, alles zittert, sie kann nicht mehr atmen und erkennt nichts mehr. Vor ihren Augen wird Staub aufgewirbelt, sie sieht nichts mehr, alles verschwindet hinter einer Nebelwand. Ihre Kehle schnürt sich zu und sie kann nicht mehr atmen. Es ist furchtbar kalt, sie schreit, aber kein Ton kommt heraus.

Sie versucht zu laufen, zu flüchten, aber das Beben kommt einfach mit. Keiner außer ihr kann es fühlen oder sehen. Es tobt tief in ihr und erfasst jede Zelle ihres Körpers. Sie kann es nicht steuern, sie kann es nicht verhindern, sie kann es nicht ignorieren. Alles dreht sich und steht Kopf. Aber keiner merkt es – es ist nur ihre Welt, die aus den Fugen geraten ist und mit jedem Beben noch chaotischer wird. Es ist nur ihr persönliches Erdbeben, das sie immer und immer wieder heimsucht. Und sie kann ihm nicht entkommen.

GLAUBWÜRDIG

Es ist nicht nur er, der ein Spiel gespielt hat. Auch sie hat ein Spiel gespielt. Sie hat den Menschen, denen sie täglich in die Augen sieht, ein Theaterstück vorgespielt. Sie hat nicht gut gespielt. Denn sie ist keine gute Schauspielerin. Sie kann sich gut Geschichten ausdenken, und ein Drehbuch schreiben. Aber sie agiert hinter den Kulissen. Und dennoch hat sie freiwillig bei diesem Spiel mitgemacht. Sie hat gelogen, als sie gefragt wurde, ob es einen besonderen Menschen in ihrem Leben gibt. Sie hat den Kopf geschüttelt, als ihr von einem lieben Freund versichert wurde, dass bestimmt irgend jemand mal da steht, der sie zum Schmelzen bringt. Sie hat verstohlen zu ihm geblickt und dabei den Kopf geschüttelt und mit den Schultern gezuckt. Sie hat gelogen, als sich Freunde erkundigt haben, was sie am Wochenende gemacht hat. Sie hat gelogen, als sie gefragt wurde, wer da am Handy war.

Sie hat ihre Familie belogen, ihre Freunde, sich zurück gezogen. Sie wusste, dass bei zu viel Kontakt, das Spiel auffliegen würde. Sie hat Blicke vermieden, und ein geheimnisvolles Kraftfeld um sie kreiert, in das nur sie und er Zutritt hatten. Sie hat auf der Bühne gestanden und die Songtexte vorge- schützt, um ihn anhimmeln zu dürfen. Sie hat ihm in Gesell- schaft anderer nur beim Singen tief in die Augen geblickt.

Ansonsten hat sie versucht, den Kumpel zu spielen, die Kollegin, die Freundin. Die Freundin mit dem besonderen Draht zu ihm. Nur sie beide wussten, wie die Gespräche zu deuten sind, was die Blicke wirklich bedeuteten und was wirklich geschehen ist. Es ist viel geschehen. Hinter den Kulissen. In ihrem geschützten Raum. Dort wo sie nicht lügen musste, wo sie ganz sie selbst sein und ihn lieben durfte.

Sie hat lange gelogen. Sie hat sie alle angelogen. Und jetzt muss sie sich erklären. Sie hat ihn verloren. Er ist ihr abhandengekommen. Er hat das geheimnisvolle Kraftfeld verlassen. Und sie kann nicht mehr lügen. Sie will nicht alleine in diesem Feld sein. Sie will nicht mehr lügen. Sie hat keine Kraft mehr dazu. Mit ihm gemeinsam, hätte sie alles geschafft. Aber jetzt nicht mehr. Sie versucht dieses Feld zu zerschmettern, doch ihr fehlt der Mut und die Kraft. Sie versucht die Fassade aufrecht zu erhalten. Doch selbst Menschen, denen sie nie tief in die Augen geblickt hat, suchen ihr Strahlen. Vergeblich. Wo ist es hin, fragen sie. Sie quält sich ein Lächeln hervor. Alles halb so wild, hört sie sich sagen. Und lügt schonwieder.

Sie ist eine schlechte Schauspielerin. Ihr Spiel wurde aufgedeckt. Keiner hat ihr diese Rolle abgenommen. Alle wussten, dass es ein Schauspiel war. Und jetzt zweifeln sie an ihrer Glaubwürdigkeit. Das ist der Preis für die Liebe, die sie für unendlich gehalten hat. Keiner glaubt ihr mehr. Sie wird in Frage gestellt. Ihre Entscheidungen werden angezweifelt. Ihre Moral und ihr Anstand werden angefochten.

Sie spürt die Blicke auf ihrem Rücken und sieht das Urteil in ihnen. In manchen Blicken sieht sie Sorge und Verständnis. Doch das bringt ihre Glaubwürdigkeit auch nicht zurück. Sie hat mitgespielt. Sie hat mitgelogen. Und so hat sie ihre Glaubwürdigkeit aufs Spiel gesetzt.

Himmlische Worte

Worte sind so schön. Sie tun so gut. Sie schmeicheln. Sie pushen dein Ego und erzählen dir das Blaue vom Himmel herab. Sie erzählen dir, wie schön du bist, wie gut du schmeckst, wie wundervoll deine Seele ist. Sie sagen dir, dass du das Beste bist, das es je auf dieser Welt gegeben hat. Sie versichern dir die Magie in deinem Blick und versprechen dir eine Zukunft. Mit einem Kinderzimmer im Haus am Meer. Sie reminiszieren was geschehen ist, was bereits gefühlt wurde und wie sich etwas entwickelt hat. Worte flüstern dir Sicherheit zu, sie kichern dir erotische Gedanken ins Ohr und hauchen dir Liebe ein. Sie malen dir aus, auf welch unterschiedliche Arten du geliebt wirst. Manchmal reichen sie einfach nicht, um etwas auszudrücken. Es liegt nicht in unserer Kraft. Wir erfinden neue Wörter, um einen Versuch zu starten, dem Gefühlten gerecht zu werden. Auch wenn es nicht immer funktioniert.

Worte bestärken deine Gedanken. Sind sie einmal ausgesprochen, kann man sie nicht mehr zurück nehmen. Vorausgesetzt, jemand hört sie. Oder liest sie. Oder beides. Vielleicht gleichzeitig. Sie verstärken Gefühle, sie nehmen eine Melodie an. Sie schildern deine Talente und kennen die Details deines Innersten. Worte geben wieder, was du empfindest, wie es dir geht, was Situationen mit dir machen. Sie sind schön. Wenn man sie schön einsetzt.

Doch alle Worte der Welt, so schön sie auch sind, sind nichts wert, wenn die Taten nicht hinter den Worten stehen. Worte sind leicht gesagt. Sie schweben und verweilen eine Zeitlang im Raum. Bis sie vergessen werden. Doch manche werden nicht vergessen.

Worte über eine Zukunft bleiben. Selbst erfundene Wörter schlagen Wurzeln. Sie verpuffen nicht mit dem nächsten Windhauch. Auch wenn sie keiner in die Hand nimmt und das tut, was gesagt wurde. Worte sind stark und doch so schwach. Denn sie können nie das aufwiegen, was Taten können. Es kommt nur darauf an, ob aus den Worten Taten werden. Ob man hinter seinem Wort steht. Es nicht verpuffen lässt, sondern es in sich aufnimmt und weiterträgt. Durch jeden Sturm hindurch. Schöne Worte tun so lange gut, so lange sie nur Worte sind. Sobald ihnen Taten folgen werden sie auf die Probe gestellt. Und dann können die himmlischsten Worte zur Hölle werden.

TRÄNEN

Angeblich weint ein Mensch während seines Lebens ungefähr 80 bis 120 Liter Tränen. Das sind etwa zwei Milliarden Tränen. Viele dieser Tränen sind Freudentränen. Lachtränen. Und Tränen, bei denen wir mitfühlen. Aber der Großteil dieser Tränen entstammt unserem eigenen Schmerz. Wie viele Tränen habe ich für dich schon geweint? Sie kommen fast jeden Tag. Ungefragt und ungebeten. Sie lassen sich nicht aufhalten. Sie lassen sich nicht bitten zu gehen. Sie kommen einfach. Ob ich daran denke, dass ich einmal der glücklichste Mensch auf Erden mit dir war, oder ob ich daran denke, welchen Schmerz du mir gerade bereitest. Sie kommen. Manchmal bleiben sie ein paar Tage weg.

Dafür kommen sie dann in der Nacht. Ich träume von ihnen, von dem Schmerz und sehe mir selbst beim Weinen zu. Manchmal kommen sie mehrmals am Tag. Manchmal sind sie das erste, das am Tag passiert. Manchmal das letzte. Manchmal kommen sie einfach zwischendurch und es sind nur ein paar einzelne. Aber meistens kommen sie in guter Gesellschaft. Sie überschwemmen meine Augen und benetzen mein Gesicht. Sie tränken meine Kleidung in salziger Flüssigkeit und hinterlassen Flecken in meinen Büchern.

Sie kommen still und manchmal laut. Und manchmal kommen sie mit einem tiefen Bedürfnis zu schreien. Manchmal kommen sie in der Erkenntnis, dass es vorbei ist. Manchmal kommen sie mit Hoffnung, dass doch alles wieder gut wird. Aber meistens sind sie einfach Zeichen meiner tiefen Traurigkeit. Dass du nicht mehr da bist. Dass es dir womöglich ohne mich besser geht. Dass es alles nur eine Scheinwelt war. Deine Scheinwelt, die meine Zukunft war. Oder zumindest die, die ich wollte, und auf die ich mich gefreut habe. Manchmal denke ich, ich brauche dich nicht für diese Zukunft. Und dann erkenne ich, dass es sie ohne dich nicht gibt. Und dann kommen sie wieder. Die Tränen, die mein Gesicht überschwemmen und mich dazu bringen, mich einzusperren. Nicht hinaus zu gehen. Nicht abzuheben, wenn das Telefon klingelt. Ich bleibe lieber in meiner Seifenblase voll Tränen. Denn da kann sie niemand sehen.

Auch du nicht. Aber du denkst vielleicht gar nicht mehr an mich. Und diese Tränen sind einfach nur der Beweis, dass ich dich wahrhaftig geliebt habe. Meine Tränen sind der stille Beweis für eine Liebe, die es nicht mehr geben wird. Und sie kommen weiter. Hinter den Kulissen. In meiner Seifenblase.

Wie viele Tränen ich für dich schon vergossen habe. Ich weiß es nicht. Aber ich denke, dass du einer der Gründe bist, warum ich eher 120 als 80 Liter vergieße. Ich kann sie nicht stoppen. Sie kommen. Und sie gehen wieder. Aber sicher ist, dass sie wieder kommen.

Der Diamant

Ich habe erlebt, wie du haderst. Ich habe gesehen, wie du weinst. Ich kenne dich angespannt, panisch und traurig. Ich kenne dich, wenn du dich selbst im Spiegel nicht ansehen willst. Wenn du wütend bist, wenn du dich selbst gar nicht magst. Wenn du dich am liebsten unsichtbar machen möchtest. Ich kenne deinen Blick, wenn du nicht mehr weißt, was richtig und falsch ist. Ich kenne den Ton in deiner Stimme, der sagt, dass du gerade zu viel grübelst. Ich weiß, wie du dich anfühlst, wenn du unsicher bist. Ich fühle es, wenn du an allem zweifelst, wenn deine Mauern hochgehen, selbst wenn du hunderte Kilometer weg bist. Ich weiß, wenn du dir selbst etwas vormachst, wenn du vor anderen ein Theaterstück spielst, wenn du nicht zeigen möchtest, was in dir vorgeht. Ich merke es, wenn du etwas verbirgst und wenn du dich selbst kontrollieren möchtest.

Ich habe auch gesehen, wie du träumst. Wie du aufwachst, wie dein erster Blick am Morgen ist. Ich habe gesehen, wie du an das denkst, was du gerne machen würdest, hättest du nichts zu befürchten. Wenn du davon träumst, wer du sein könntest. Wenn du deinem Herzen folgst. Ich habe gesehen, wie du die Magie entdeckst, wie du den Moment genießt. Wie du es kaum fassen kannst, welches Glück dir passiert. Ich kenne dein Lachen, wenn dir etwas peinlich ist, wenn du mit einem Blick sagen möchtest „alles ist gut", und wenn du glücklich bist. Ich spüre es, wenn du an etwas Schönes denkst, und wenn du vom Happy Place träumst. Der Ton in deiner Stimme, wenn du von der Zukunft sinnierst und dir ausmalst, was alles sein könnte.

Ich kenne die Konzentration in deinen Augen, wenn du an etwas tüftelst, wenn dir ein Rhythmus oder eine Melodie einfällt, wenn du vor Begeisterung sprühst und du bemerkst, das ist genau das, was du dir vorgestellt hast. Ich kenne das Blitzen in deinen Augen, wenn du Magie erlebst.

Leider sehen das die wenigsten Menschen. Sie erkennen nicht, was in dir steckt. Sie sehen nur die Fassade, die nur ganz wenig von dem Menschen zeigt, der du wirklich bist.

Sie sehen den Anzug, den passenden Gürtel zu den Schuhen, und den Erfolg. Sie sehen was du gut kannst, aber nicht das, was du eigentlich bist und machen möchtest. Sie sehen nicht, wofür dein Herz schlägt. Sie sehen nicht, wozu du fähig bist, sie erkennen deine Leidenschaft nicht. Erkennst du es? Ich weiß nicht mehr, ob du es erkennst. Ich spüre nicht, ob du es spürst. Ich sehe nicht, wie du dich siehst. Gibt es diesen Menschen noch? Aber so wie ich dich kenne, siehst du dich ganz anders, als ich dich sehe. Du begrenzt dich selbst. Du ziehst deine eigenen Grenzen. Schade drum. Schade um diesen Diamanten, der so schön glitzern könnte.

Sein ewiges Geheimnis

Sie wollte es nie sein. Sein ewiges Geheimnis. Sie hätte auf ihn gewartet, so lange es nötig gewesen wäre. Hauptsache, sie wäre nicht auf ewig sein Geheimnis gewesen. Sie war so glücklich, dass sie es von den Dächern schreien wollte, dass sie allen erzählen wollte, was sie schon lange wussten. Dass sie sich liebten. Dass es nur jetzt gerade nicht möglich war. Aber irgendwann wäre es möglich gewesen. Sie hätte ihm die Zeit gegeben, sich bemüht, keinen Druck aufzubauen. Sie wollte, dass es ihm gut geht, sie wollte ihm keine Last sein. Sie wollte nur nicht sein ewiges Geheimnis sein.

Doch jetzt ist all das eingetreten, was sie nie wollte. Es war nichts mehr möglich. Und dennoch bliebt sie sein Geheimnis. Sie hatte alles versucht, sie hatte ihm alles gegeben, alles anvertraut. Sie wollte ihn ganz und wollte sich ihm ganz geben. Sie war sich sicher, dass das alles für die Ewigkeit bestimmt war. Aber nicht als Geheimnis. Und jetzt muss sie als sein Geheimnis weiterleben. Weil sie es nicht mehr erzählen mag, und weil er es nicht erzählt. Weil sie nicht ständig in der Erinnerung leben möchte. In der Erinnerung, die ihr alles bedeutete. Und jetzt wird sie auf immer und ewig sein Geheimnis bleiben. Nur wenige wissen davon und auch sie werden es bald vergessen. Denn für ihn war es nur eine Episode in seinem Leben. Doch für sie war es der Beginn des einen Lebens, das sie führen wollte. Alles was bleibt, ist ein Geheimnis. Ein Schmerz, der ihr durch Mark und Bein ging, sobald sie nur wagte, daran zu denken. Ein Schmerz, der sich durch ihr Herz bohrte, als wäre es erst gestern gewesen, als er ihr sagte, sie wüssten von nichts, und er müsse sich jetzt verstellen.

War sie ihm so wenig wert gewesen, dass er nicht mal seinen engsten Mitmenschen von ihr erzählen konnte? War sie einfach nur ein Spielzeug für eine Phase? Eine Bedürfnisbefriedigung? Sie konnte es nicht verstehen. Sie wollte immer nur eines. Sie wollte ihn lieben und sie wollte ihn lieben dürfen. Nicht als schmutziges Geheimnis. Denn ihre Liebe war genau das Gegenteil. Sie war so rein, wie sie es vorher nicht kannte. So ehrlich und tiefgreifend, dass sie ihre Seele berührte. Und auch seine. Sie war alles, was sie sich immer erträumte. Und er gab ihr das Gefühl, dass es für ihn auch so war. Und nun bleibt sie sein ewiges Geheimnis. Und zerbricht daran jeden Tag aufs Neue.

ICH WILL DAS NICHT

Ich will das nicht. Dieses Gefühl, diese Schwere, die gleichzeitig eine Leere in mir auslöst. Ich will das nicht. Diese Schmerzen in der Brust, wenn sich alles zusammenschnürt und der Atem nur rasselnd durch meinen Mund dringt und sich in meine Lungen kämpft.

Ich will das nicht, dieses ständige traurig Sein, dieses warten darauf, dass es besser wird, dass dieses Gefühl geht.

Ich will das nicht, dieses Grübeln, das mir all meine Kraft nimmt und mir den Schlaf raubt.

Ich will das nicht, diese Tränen, die mich nichts mehr sehen lassen und dieses Schluchzen, das meine Stimme rau werden lässt.

Ich will das nicht, in der Vergangenheit leben und darüber nachdenken, was alles gut gewesen ist.

Ich will das nicht, dieses Überlegen, was ich falsch gemacht habe, ob ich nicht gut genug war.

Ich will das nicht, dieses Suchen nach den Fehlern, die ich möglicherweise gemacht habe, die Worte, die ich vielleicht zum falschen Zeitpunkt ausgesprochen habe, die Dinge, die ich vielleicht nicht gemacht habe.

Ich will das nicht, diese Vorwürfe, dass ich dir Druck gemacht habe, obwohl alles was ich wollte, dein Glück war.

Ich will das nicht, dieses mir selbst Einreden, dass du ja doch nicht so toll warst, wie ich immer dachte.

Ich will das nicht, dieses Täuschen in dir. Dieser Zweifel an dir, der jedes Mal hochkommt, wenn ich höre, wie du dich verhältst, was du sagst, was du tust.

Ich will das nicht, diese Täuschung, der ich glaube, verfallen zu sein. Habe ich mich täuschen lassen? Oder gar manipulieren?

Ich will das nicht, dieses Glauben, dass ich leichte Beute war, weil du genau wusstest, wie du mich in den Himmel heben konntest und mit einem Wimpernschlag in die Hölle schicken konntest.

Ich will das nicht, dieses Loslassen, dass ich eigentlich nie wollte und jetzt so sehr herbeisehne, dass es schmerzt.

Ich will das nicht, dieses Gefühl, dass es vielleicht gar nicht so war, wie ich es gefühlt habe. Dass du gar nicht derjenige warst, den du mir gezeigt hast.

Ich will das nicht, dieses Leben, in dem ich keine Hoffnung sehe, weil es nicht das ist, was du mir versprochen hast, weil es keinen Sinn mehr macht.

Ich will das nicht, diesen Schmerz, den du mir verursachst, der einfach nicht weg geht, egal was ich tue.

Ich will das nicht, dieses Machtlose, das noch nie anders war.

Ich will das nicht.

Stille Post

Egal, was andere sagen, du musst immer auf das hören, was dir dein Herz sagt. Andere hören dir zu und verpacken das Gehörte in ihre eigene Geschichte. Stille Post. Sie können niemals eine Geschichte so wiedergeben, wie es tatsächlich war. Jede Geschichte bekommt seine eigene Färbung. Nur die Personen, die wirklich dabei waren, wissen was war. Und selbst dann ist die Farbe des jeweiligen Menschen in der Erinnerung dabei.

Egal was andere sagen, ob sie es gut mit dir meinen oder nicht, es kommt nicht darauf an, was sie sagen. Es kommt einzig und allein darauf an, was du mit all dem machst. Sie mögen dir einen Rat geben, der gut und plausibel klingt, aber eigentlich wollen sie doch immer nur ihr eigenes Bild in Sicherheit wiegen. Sie suchen nach genau dem, was sie wollen. Es ist nie komplett selbstlos, sie erzählen ihre eigene Geschichte mit. Und zerstören so andere Geschichten.

Egal was andere sagen, ob du ihnen glaubst oder nicht. Du kannst dir ihre Meinung anhören, aber was zählt am Ende? Nur, und wirklich nur das, was du fühlst. Genau das, was dir dein Herz sagt. Ob du einen Ratschlag befolgst oder nicht, liegt bei dir. Hol dir dein Gefühl zu dir, prüfe es und frage es: Ist das wirklich richtig? Haben die anderen Recht?

Du wirst vermutlich spüren, dass das alles Sinn macht, was die anderen sagen. Aber spüre auch nach der kleinen Revolution deines Herzens, die dir sagt, dass du auf die Meinung anderer nichts geben sollst. Dein Herz spricht die Wahrheit. Beleidige dein Herz nicht, indem du ihm das Veto wegnimmst und einfach darauf hörst, was der Verstand von anderen Leuten sagt. Dein Herz spricht nicht mit dem Verstand anderer. Dein Herz spricht nur zu dir und zu wenig auserwählten.

Egal was andere sagen, hör auf den Herz und achte darauf, wohin dich deine Gedanken ziehen. Denn dort ist dein Herz. Möchtest du etwas tun, tu es. Möchtest du etwas nicht tun, dann lass es. Möchtest du etwas denken, dann lass deinen Gedanken freien Lauf. Und möchtest du etwas fühlen, dann fühle. Und schließe dieses Gefühl fest in dir ein. Denn es ist die einzige Wahrheit. Nicht das, was andere sagen.

Der Rausschmiss

Du sperrst mich aus. Du nimmst den Schlüssel, den du mir vor langer Zeit gegeben hast, und sperrst mich aus. Aus deinem Leben. Aus deinen Gedanken. Aus deinem Herzen. Du willst mich nicht mehr sehen, du willst mich nicht mehr hören. Dabei war es dir ein paar Tage zuvor noch so wichtig, dass ich immer in deinem Leben bleibe. Ich habe dir immer geglaubt. Ich habe alles, was du mir gesagt hast geglaubt. Nicht ohne es zu hinterfragen. Nicht ohne es zu prüfen. Aber ich habe dir geglaubt. Aber ich weiß auch, dass du mir nicht die ganze Wahrheit gesagt hast. Und scheinbar machst du das auch jetzt noch. Du sagst es in einem Moment so, und im nächsten anders.

Dass du mich einfach rausschmeißt, hat mein schusselig zusammengeklebtes Herz noch einmal gebrochen. Du willst keinen Kontakt mehr und tust es angeblich nur um meinet Willen. Damit es mir besser geht. Ich war fest davon überzeugt, dass du immer in meinem Leben bleiben wirst und, dass auch ich immer in deinem Leben bleiben werde. Doch jetzt bin ich mir nicht mehr so sicher. Genauso wie ich mir bei allem anderen unsicher bin. Wenn man dem Menschen nicht mehr glauben kann, für den man durchs Feuer gegangen wäre, für den man sein Leben gegeben hätte.

Wem kann man dann noch glauben? Was ist ein Versprechen dann noch wert?

Ich habe immer gesagt, dass wir alles schaffen könnten. Auch nach allem was war, irgendwann wieder auf freundschaftlicher Basis zu kommunizieren. Aber wenn du mich aussperrst, dann können wir gar nichts schaffen. Nicht mehr. Eine freundschaftliche Basis ist in weite Ferne gerückt. Denn auch dafür ist ein Schlüssel nötig. Und du hast mich beraubt. Mehrmals. Du hast mich einer wunderbaren Freundschaft beraubt, die es nie mehr geben wird. Und das ist nur ein Teil von dem Überfall, den du auf mich ausgeübt hast. Ein Rausschmiss ist wohl das demütigendste, das einem Menschen passieren kann. Noch dazu ein Rausschmiss aus dem Herzen.

Es kommt mir vor, als wäre es eine Ewigkeit her, seit ich dir alles von mir gegeben habe. Und trotzdem tut es so weh, als wäre es gerade heute passiert. Dieser Schmerz geht nicht weg, die Enttäuschung wird immer größer. Und hat ihren Gipfel mit dem Rausschmiss erreicht. Der Tiefpunkt. Und ich dachte, es kann nicht noch tiefer werden.

Rausgeschmissen, aus dem Herzen und des Schlüssels beraubt. Wie war das mit den Türen? Eine schließt sich, eine andere öffnet sich. Lieber alle Türen zulassen, bevor es wieder einen Rausschmiss gibt. Der das gebrochene Herz mit den vielen Pflastern nochmal in den Abgrund wirft.

Vergessen

Ich weiß nicht mehr, was ich denken soll. Meine Gedanken drehen sich im Kreis. Schließe ich meine Augen, sehe ich deine. Atme ich ein, rieche ich dich. Schlafe ich ein, spüre ich dich. Doch du bist nicht mehr da. Und du sagst mir, dass ich dich vergessen soll. Aber ich kann dich nicht vergessen. Warum willst du, dass ich dich vergesse? Wie kann ich vergessen, was du in mir ausgelöst hast, wohin mich unsere Liebe überall hin entführt hat, wie du mich angesehen hast?

Wie kann ich vergessen, als ich dich endlich in die Arme schließen durfte, als ich ganz tief eingeatmet habe, als du endlich da warst? Wie kann ich vergessen, dass du dir gewünscht hast, meine Hand zu halten, und als ich sie dir in deine gelegt habe. Wie kann ich vergessen, wie wir um Mitternacht Kuchen gegessen haben und wie wir beide uns zum ersten Mal geküsst haben?

Wie kann ich vergessen, dass wir alle paar Meter stehen blieben, als wir Hand in Hand schlenderten und kaum vorankamen und uns dann auch noch verlaufen haben? Wie kann ich vergessen, wie ich dich jede Sekunde vermisst habe, in der du so weit entfernt von mir warst? Wie kann ich vergessen, wie du für mich Happy Birthday gesungen hast und du mir dennoch keinen Geburtstagskuss gegeben hast?

Wie kann ich vergessen, dass du dein ganzes restliches Geld einem Obdachlosen in die Hand gedrückt hast, der dich gesegnet hat und dir alles Gute auf Erden gewunschen hat? Wie kann ich vergessen, wie ich es hasste, mich von dir verabschieden zu müssen und wie es jedes Mal wehgetan hat, wenn die Tür zuging?

Wie kann ich vergessen, dass du nur für mich Volleyball gespielt hast und in einem Zelt geschlafen hast? Wie kann ich vergessen, dass ich für dich in diesem einen Geschäft nur nach blauer Kleidung gesucht habe, weil es deine Lieblingsfarbe ist?

Wie kann ich vergessen, was du alles zu mir gesagt hast, wenn du von unserer gemeinsamen Zukunft gesprochen hast? Wie kann ich vergessen, dass ich jeden Tag mit dir gemein- sam gestartet habe und jeden mit dir beendet habe, wie ich jeden Flug, jede Auto- oder Busfahrt mit dir gemeinsam erlebt habe, ohne dass du wirklich dabei warst? Wie kann ich vergessen, wie ich die Minuten gezählt habe, dass wir wieder am gleichen Ort sind und, wie wir gewartet haben, bis wir uns nicht mehr halten konnten?

Wie kann ich vergessen, wie traurig du manchmal wegen mir warst und wie viele Sorgen ich dir bereitet habe, und wie du immer gesagt hast „melde dich, wenn du gut daheim angekommen bist"? Wie kann ich vergessen, dass wir es gemeinsam geschafft haben, unsere Mauern abzureißen und die Maurer für immer heimzuschicken?

Wie kann ich vergessen, dass ich immer viel zu schnell gefahren bin, wenn du dabei warst, wie du mich nervös ge- macht hast, mit deiner bloßen Anwesenheit, wie ich gespürt habe, dass du in der Nähe bist? Wie kann ich vergessen, als sich unsere Blicke heimlich trafen und keiner wusste, was unsere Seelen sich erzählen?

Wie kann ich vergessen, wie du mich angerufen hast, wäh- rend ich die Zähne geputzt habe und so lachen musste, dass ich den Spiegel anspuckte? Wie kann ich vergessen, wie du meine Hand nicht ausgelassen hast, weil du nicht wolltest, dass ich weg gehe?

Wie kann ich vergessen, wie du mir ganz einfühlsam eine schlimme Nachricht überbracht hast, weil du wusste, wie es mich treffen würde? Wie kann ich vergessen, wie du mich auf deinen Schoß setzen hast lassen, sodass ich nicht auf dem schmutzigen Boden sitzen musste, als es mir schlecht ging?

Wie kann ich vergessen, wie es war, als ich zum ersten Mal neben dir aufwachen durfte und in deine Augen blicken durfte?

Wie kann ich vergessen, wie es war neben dir einzuschlafen und dir ganz nah zu sein? Wie kann ich vergessen, wie das Gefühl ist, mit dir eins zu sein, wie du mich angesehen hast und unsere Seelen mitei- nander tanzten? Wie kann ich den Stromschlag vergessen, als sich zum ersten Mal unsere Hände berührten?

All das war ein Gefühl von Ankommen. Nach Hause kom- men. Wie könnte ich das vergessen? Wie könnte ich vergessen, wie sich zu Hause anfühlt. Wie sich mein Traum anfühlt. Wie sich mein Seelenverwandter anfühlt. Ganz nah bei mir. Nein, das werde ich nie vergessen. Selbst wenn

ich es wollte, und auch, wenn die Mauern wieder da sind ... glaube mir ... dich werde ich nie vergessen.

Die Sache mit den Grenzen

Du sagst, ich hätte eine Grenze überschritten. Doch wann ist eine Grenze überschritten? Überschreite ich meine Grenzen, wenn ich dir nicht die ganze Wahrheit sage? Überschreite ich sie, wenn ich dich anlüge? Überschreite ich gar meine Grenzen, wenn ich dir etwas verspreche, das ich nicht halten kann oder will? Ist diese Grenze überschritten, wenn ich dir etwas vorwerfe, was gar nicht so ist? Was genau ist diese Grenze?

Ich habe viele Grenzen überschritten. Aber nicht alleine. Ich hätte diese Grenzen nie überschritten. Weil ich es nicht für richtig hielt, weil ich glaubte, dass es nicht vorbei ist.

Ich habe Mauern gebaut, um diese Grenzen einzuhalten, ich habe Gefühle weggesperrt, in eine Truhe mit sieben Schlössern, um genau diese Grenze nicht zu überschreiten. Aber du hast dich durch diese Mauern gekämpft, hast sie mit aller Kraft niedergerissen, du hast dir deinen Weg durch diese sieben Schlösser gebahnt und ich habe es zugelassen. Ich habe dich nicht aufgehalten. Weil es Liebe war, die diesen Weg bestritten hat. Ich habe es nicht bereut, diese Grenzen zu überschreiten. Weil es sich richtig angefühlt hat.

Ich habe dir nicht vorgeworfen, dass du meine Grenzen überschritten hast. Ich habe dir nicht vorgeworfen, dass du mich immer angelogen hättest. Du hast mir vorgeworfen, all dies zu glauben. Du hast mir vorgeworfen, dich zu hassen, obwohl ich das nie könnte. Du hast mir vorgeworfen, dass ich dir nicht mehr glauben würde. Das alles hat mit der Realität nichts zu tun, aber damit hast du eine weitere Grenze überschritten. Du hast mir Dinge vorgeworfen, die nicht stimmen. Ich habe dich angefleht, mir keine Vorwürfe zu machen. Weil es meine Grenze überschritten hat.

Aber ich sehe, du hast keine Ahnung, was es bedeutet Grenzen zu überschreiten. Denn du hast nie Grenzen gesehen. Du hast meine Grenzen nicht gesehen und auch deine nicht. Du hast aus purem Gefühl gehandelt, und daran ist nichts falsch. Du hast mir meine Zukunft genommen, meine Hoffnung, mein Vertrauen ... denkst du nicht, dass du damit Grenzen überschritten hast? Denkst du nicht, dass ich am Rande des Wahnsinns nach Möglichkeiten suche, wieder glücklich zu werden? Denkst du nicht, dass du mich dorthin gebracht hast? Denkst du nicht, dass du damit eine weitere Grenze brutal niedergerissen hast?

Du hast mir vorgeworfen, dir nichts mehr zu glauben, deinen Worten keine Wert zu schenken. Doch um dir das Gegenteil zu beweisen, habe ich getan, was du gesagt hast. Du hast gesagt, es täte dir leid. Du hast gesagt, ich mache das richtige, und ich habe getan, was du gesagt hast. Um dir zu beweisen, dass ich deinen Worten Glauben schenke. Vielleicht hast du es einfach nur so vor dich hin gesagt, hast dich verpflichtet gefühlt, irgendetwas zu sagen, oder hast es nur in dem Moment so gemeint. Aber wenn du es nur in dem Moment gemeint hast, wie soll ich es dann glauben, wenn es fünf Minuten später keine Gültigkeit mehr hat?

Ich habe es getan. Und jetzt habe ich plötzlich eine Grenze überschritten. Das tut mir leid. Und auch wieder nicht. Denn du hast sämtliche meiner Grenzen, die du alle nur allzu gut kanntest, mit einer Kraft eingerissen, dass sie nun nicht mehr aufzubauen sind. Mit der Kraft der Liebe. Und doch ist nun alles weg, alles ist eingestürzt. Und ich kann keine Grenzen mehr erkennen. Keine Grenze zwischen Richtig und Falsch, keine Grenze zwischen Gut und Böse und keine Grenze zwischen Herz und Kopf. Du hast mich gebrochen, meine Seele verführt ... und alles was du mir noch zu sagen hast, sind pure Vorwürfe. Es ist einfach alles weg. Und damit hat ein Mensch, der mir sehr viel bedeutet, nun eine weitere Grenze niedergeschossen. Und mir vorgeworfen, Grenzen zu überschreiten.

Der Ratschlag

Sie sieht mich an. Sie fühlt meinen Schmerz. Sie lehnt sich vor und blickt mir tief in die Augen. Und als würde sie meine unausgesprochene Frage laut und deutlich hören, schüttelt sie den Kopf. Sie nimmt meine Hand und sagt sanft: „Du kannst nicht steuern, an wen du dein Herz verlierst. Du kannst die Liebe nicht kontrollieren." Nein, das kann man nicht und das würde ich auch niemals wollen. „Dir war es ernst, du hast es gewollt. Du wolltest nichts kaputt machen. Und er wollte dir bestimmt nicht weh tun. Aber trotzdem zerreißt es dich und das kann jeder sehen", sagt sie.

Eine einsame Träne läuft unter ihrer Brille hervor. „Ich habe gesehen, was du für ihn empfunden hast. Und das warst ganz du. Es kann nie ein Fehler sein, wenn du ganz du selbst bist und mit reinem Herzen bei der Sache bist." Sie lächelt. Doch sie muss sich bemühen. In ihren Augen sehe ich den Schmerz, den sie fühlt. Sie hält mir einen Spiegel vor. Ich sehe mich, wie sie mich in diesem Moment sieht, und das bricht mir das Herz. „Du wolltest nichts kaputt machen. Das hast du nicht. Dann lass auch du dich nicht kaputt machen!" Sie drückt meine Hand fester, mit der anderen wischt sie sich eine weitere Träne von der Wange.

„Du bist wichtig, dann nimm dich auch wichtig." Sie hebt ihre Hand und fängt meine Tränen auf, die schwer von meiner Nase tropfen. „Du darfst traurig sein. Und du darfst dir dafür so viel Zeit nehmen wie du willst. Und du darfst ihn auch immer in deinem Herzen behalten." Wieder ein Lächeln, begleitet von einer Träne.

Sie ist weise und obwohl sie es nicht so einfach zeigt, spürt sie viel, doch sie hätte nie gesagt, dass sie alles schon vor längerer Zeit verstanden hatte. Ein offenes Buch. Das ist es, das ich für die Menschen, die mir wichtig sind, bin. Vielleicht zu offen. Ich versuche, ihrem Blick auszuwei- chen. „Sieh mich an", sagt sie bestimmt. „Du musst nichts sagen oder erzählen. Es ist sowieso überflüssig. Ich sehe, dass du verletzt bist. Über alle Maße." Sie steht auf, setzt sich neben mich und legt einen Arm um meine Schultern.

„Sammle deine Einzelteile wieder ein und baue dich neu zusammen. Du musst dich wieder als deinen wichtigsten Menschen akzeptieren. Alles andere kommt von selbst." Sie streicht mir eine Haarsträhne hinters Ohr und seufzt. „Du hast nichts falsch gemacht, glaub mir. Du warst du selbst, du hast geliebt. Wie kann das jemals falsch sein?"

Ihre Welt

Er hielt ihr jede Türe auf, auf dem Weg in seine Welt. Er lud sie ein, mit ihm zu kommen. Zögerlich und mit kleinen Schritten folgte sie ihm. Eine kleine Schatztruhe hielt sie in ihren Händen, die sie beschützte, komme was wolle. Er bereitete ihr Wege und half ihr über Hindernisse. Er riss auf dem Weg sogar Mauern für sie nieder. Er wollte sie in seiner Welt haben. Er nahm ihre Hand und hielt sie fest und sicher. Und die kleine Schatzkiste wuchs mit jedem Schritt in seiner Welt.

Sie sah sich verzaubert um, atmete die frische Luft ein, schnupperte an den duftenden Blüten und lief barfuß im Sand. Sie beobachtete alles ganz genau und konzentrierte sich auf die kleinen Dinge, die für andere so unwichtig erschienen.

Er ließ ihre Hand nicht los und lud sie immer wieder ein, weiter in seine Welt zu kommen, er wollte sie ganz nah bei sich haben. Für immer. Mit jedem Hindernis wurde es leichter und die Schatztruhe wurde größer. Sie drehte sich mit ihm im Kreis, hielt sich an ihm fest und wusste, dass er sie vor jedem Abgrund be- schützen würde.

Sie kletterten auf Bäume, sangen Lieder und erschufen Magie. Sie erfanden eine Welt, die größer war als die, in die sie hineingeboren wurden. Sie tanzten und hielten die Zehen in eiskaltes Wasser, sie schauten in den Himmel und sahen die Sterne funkeln. Sie vergaßen alles rund um sich und wanderten weiter in die Welt, die nun nicht mehr nur seine war.

Die Schatztruhe wiederum gehörte nur ihr. Aber sie war mittlerweile so groß geworden, dass sie seine Hilfe brauchte, um sie zu tragen. Ganz vorsichtig, denn darin bewahrte sie etwas ganz wertvolles auf. Neugierig fragte er sie, was sie denn die ganze Zeit mit sich herum schleppte, und warum diese zauberhafte Schatzkiste immer größer wurde, Tag für Tag, je weiter sie wanderten. „Darin ist mein Herz mit allen Gefühlen, die ich für dich habe. Es werden täglich mehr, denn je weiter du mich si-cher mit in deine Welt führst, desto mehr schlägt mein Herz für dich."

Sprachlos starrte er die Truhe an. Doch Zweifel erfüllten ihn plötzlich. Was wenn darin nur ein Freundschaftsring ver-steckt war? Doch sie wusste, dass es weitaus mehr als ein Freund-schaftsring war. Und das obwohl er ihr bester Freund war, einen besseren konnte sie sich nicht vorstellen. Er war viel mehr als das. Er war ihr Herz. Aber es musste in der Truhe bleiben. Nun, da er wusste, was sich angeblich in der riesigen Schatztruhe befand, musste er sie öffnen. Egal ob sie hinsah oder nicht, er musste wissen, was sich wirklich darin befand.

Hand in Hand gingen sie weiter, bis sie ihn eines Tages ansah und Schmerz in seinen Augen fand. „Was ist los?", fragte sie besorgt. „Ich habe mir die Finger in der Truhe eingeklemmt... ich wollte so gerne wissen, was sich darin für mich befindet." Sie lächelte. „Aber das weißt du doch", sagte sie sanft und ging zur Truhe. „Ich habe sie schon längst geöffnet, sonst hättest du deine Finger gar nicht einklemmen können." Sie hob vorsichtig den Deckel der Truhe an und befreite ihn, dann warf sie den Deckel nach hinten. Er stellte sich auf die Zehenspitzen, um hineinsehen zu können, doch zögerte. Sein Blick wanderte zu ihr. „Nur zu! Das gehört alles dir!" Ihre Augen strahlten Zuversicht aus. Er nahm all seinen Mut und blickte über den Rand, die Schlösser baumelten leblos hinab. Doch was er dann sah raubte ihm den Atem. Es war tatsächlich so viel mehr als ein Freundschaftsring. Es war ein Versprechen, ein Wunder, pure Magie. „Das ist alles für mich?", fragte er überwältigt. „Ja", flüsterte sie, „für immer dein."

Du bist mein Minenfeld

Es war so einfach mit dir. Ich konnte so sein, wie ich war, ohne falsche Scham. Ohne zu überlegen, ob mein Gesagtes oder mein Tun richtig oder falsch waren. Es war einfach, dich anzusehen, dich zu berühren, an dich zu denken. Es war so, als hätte es immer schon so sein sollen. Und heute bist du mein Minenfeld. Egal was ich sage oder tue. Du nimmst es in einer Art und Weise auf, wie es nicht gemeint ist. Du nimmst meine Worte und drehst sie um. Du nimmst meine Versprechen und stielst ihnen die Bedeutung. Du nimmst meine Liebe und entziehst ihr die Magie. Du bist mein Minenfeld. Mein Minenfeld in meinem eigenen Herzen.

So vorsichtig ich auch jeden Schritt überlege und abwäge, so langsam und leise ich auf Zehenspitzen durchs Leben schleiche, es kann jede Sekunde soweit sein. Bumm. Ein lauter, ohrenbetäubender Knall, der sich durch Mark und Bein zieht. Ein Knall, der meine Welt beben lässt. In meinen Gedanken. In meinem Herzen. In meiner Liebe. Ich gehe ängstlich durchs Leben, blicke mich vorsichtig um und werde vor jeder Ecke langsamer. Aus Angst, eine falsche Bewegung zu machen und den nächsten Knall auszulösen. Und mit jedem Knall wird es lauter. Und der nächste Knall folgt. Sie erschüttern mich unaufhörlich, sie dringen in meine Seele ein. Ihr fehlt der Mut, sich wieder zu zeigen. Sie schließt sich sein.

Und dann treten die Gedanken auch auf diese Minen, die überall verteilt sind. Ganz ohne Vorankündigung. Du bist das Minenfeld in meinen Gefühlen. Du bist das Minenfeld in meiner Liebe. Du hast die Macht, mich zu zerstören.

Und jede Mine, die hochgeht, reißt die kleinen Stücke, die von mir noch übrig sind in tausende Splitter. Bis sich meine Seele in Staub verwandelt. Staub, der vom Wind in alle Richtungen getragen wird. Vielleicht auch in deine Richtung.

Der Ort in meiner Seele

Ma Ma Gombe sagt: „Es gibt einen Ort in unserer Seele, an dem wir unsere größten Wünsche aufbewahren."

Du hast ihn gefunden. Diesen mysteriösen Ort, tief in meiner Seele. Dort, wo ich Wünsche aufbewahrte, von denen ich selbst noch nichts wusste. Du hast diesen Ort gefunden mit all seinen verborgenen, unausgesprochenen Wünschen. Du hast nicht lange danach gesucht, es war für dich ganz einfach, dorthin zu gelangen. Alle diese Wünsche hast du mit deiner Seele erfüllt. Deine Seele war die Antwort auf all meine Fragen. Deine Seele kannte meine schon, bevor wir uns begegneten.

Deine Seele wusste von meinen Wünschen, lange bevor ich davon wusste. Du reichtest ihr die Hand und führtest sie an die Oberfläche. Es gab keinen Grund mehr für sie, im Verborgenen zu bleiben. Denn all diese Wünsche wurden durch dich erfüllt.

Der Ort in meiner Seele, an dem ich meine größten Wünsche aufbewahrte, wurde von dir erobert. Der Weg dorthin war für dich so einfach, und ich zögerte nicht, dich gehen zu lassen. Du gingst den direkten Weg. Ohne Umwege.

Du gingst den Weg der Liebe. Deine Liebe war die Antwort auf alles, keine Zweifel waren nah, es war sonnenklar. Denn du warst der Ort, an dem ich meine größten Wünsche aufbewahrte. Du bist dieser Ort. Und an diesem Ort wirst du immer bleiben. Egal wo du wirklich bist.

Du hast ihn gefunden. Du bist dieser Ort. Und er wird immer dir gehören.

You're gone

Vor 16 Jahren schrieb ein Mädchen einen Song. Eine einfache Melodie, die sie mit ein paar einfachen Akkorden auf der Gitarre ihrer Tante begleitete. Sie saß auf dem Bett ihrer Großmutter, das jeden Tag mit dieser schrecklichen goldenen Tagesdecke überzogen wurde. Die Decke raschelte, sobald man sie berührte. Sie nahm die Gitarre, die etwas zu groß für sie wirkte, schob die Zettel des karierten Blocks, auf denen sie die Texte und Akkorde notiert hatte, auf die raue Oberfläche der goldenen Decke.

Einmal tief einatmen. Und sie spielte mit zaghaften Schlägen einen Rhythmus. Das Lied begann in A-Dur und sie spielte so lange dieses A, bis sie bereit war zu singen. Ein Blick auf die Worte, um sicherzugehen, dass sie mit der richtigen Strophe startete. Und sie sang. Sie schloss die Augen, denn sie kannte den Text. Sie kannte auch die Melodie. Beides kam aus ihrem Innersten. Sie wusste auch, ohne hinsehen zu müssen, wo ihre Finger sein mussten, um die einfachen Akkorde auf der Gitarre zu spielen. Sie sang die erste Strophe, dann den Refrain. Sie sang die zweite Strophe und wieder den Refrain. Danach kam die Bridge. Sie schrieb die Bridge immer nach den zweiten Refrain, denn das hatte sie sich von ihren Lieblingsliedern abgehört. Stunden um Stunden hatte sie diese Lieder gehört, analysiert, auseinandergepflückt und wieder verpackt. Um es danach selbst zu versuchen. Nachzuspielen und zu singen. Oder selbst Lieder zu schreiben. Es lenkte sie ab und half ihr. Denn auch, wenn die Lieder allesamt ganz einfach waren, so war es diese Zeit vor 16 Jahren absolut nicht.

Sie sang den letzten Refrain und ließ die Gitarre so sanft wie möglich ausklingen. Sie öffnete die Augen und lächelte. Zum ersten Mal hatte sie das Lied ohne Fehler bis zum Schluss durchgespielt. Nach ein paar Sekunden Stille hörte sie ein Klatschen, jemand rief "Bravo!", eine andere Stimme rief "Nochmal!".

Verdutzt ging sie ans leicht geöffnete Fenster und sah, dass die Kinder aus der Nachbarschaft alle unter dem

Fenster standen und ihrem Gesang gelauscht hatten. Sie hatten ihr Spielzeug fallen lassen, und standen da, um ihr zuzu- hören. Wie peinlich. Noch nie hatte sie jemandem etwas vorgespielt, und dieses Lied schon gar nicht. Es war auch nicht für die Ohren anderer bestimmt. Es war nur für eine bestimmte Person. Doch diese Person war nicht mehr da, und konnte das Lied nicht mehr hören.

Irgendwie war sie froh, dass jemand das Lied gehört hatte. Das machte es realer. Sie lächelte verlegen und blickte aus dem Fenster. "Nochmal?", fragte sie unsicher. War es wirklich das, was die Kinder vor dem Fenster wollten? "Ja, nochmal!" Da waren sie sich einig.

Das Mädchen kniff die Lippen zusammen, ließ sich auf das Bett nieder, dessen goldener Überzug unter ihr raschelte. Sie nahm die Gitarre und spielte. Diesmal lauter und sicherer. Und als nach dem letzten Ton wieder die klatschenden Hände von draußen zu hören waren, blickte sie nach oben, lächelte und flüsterte: "Das ist nur für dich..."

Unerreichbar

Unerreichbar. Was für ein Wort. Es scheint so hoffnungslos und geheimnisvoll. Es ist das Verbotene, von dem man besser die Finger lässt, der große Traum, der sich nicht erfüllen kann, es ist ein Gefühl, das nicht erwidert wird.

„Für dich werde ich nie unerreichbar sein." Und doch bist du schon immer unerreichbar gewesen. Du hast mich für kurze Zeit im Glauben gelassen, dich erreichen zu können. Dich so zu öffnen, dass du mir deine Seele, dein Herz, dein Innerstes offenbarst. Du hast mich spüren lassen, dass ich der Schlüssel zu deinem Herzen bin, dass nur ich die Gabe habe, in dich hineinzusehen. Und deshalb wurdest du für kurze Zeit erreichbar. Überall warst du, du warst immer da, immer bei mir, auch wenn du ganze Welten entfernt warst. Du warst erreichbar, weil du in meinem Herzen warst. Und weil du mich in deines gelassen hast. Du warst erreichbar, weil ich in dich hineinsehen konnte, dich verstehen konnte, auch wenn du keine Worte formuliert hast. Auch wenn du nichts sagen konntest, sogar, wenn du mich nicht mal ansehen konntest. Ich habe dich erreicht. Du warst da.

Und heute bist du wieder unerreichbar. Du bist nicht nur unerreichbar, weil du weit weg bist, weil du unsere Verbin- dung unterbunden hast. Du bist unerreichbar, weil du mich nicht mehr in deinem Herzen haben möchtest. Weil du dich dagegen wehrst, mich in deinem Herzen zu behalten. Weil du mich aussperrst. Und dich somit für mich unerreichbar machst. Du bist unerreichbar, weil du eine Mauer hochgezogen hast, die dich davor schützt, diese Gefühle überhaupt zu sehen, zu fühlen. Du hast mehrere Mauern hintereinander gebaut, so hoch, dass kein Riese der Welt sie überblicken kann. So dick, dass kein Gefühl der Welt hindurch kommt. Obwohl es noch da ist. Obwohl die Verbindung immer wieder aufflackert. Doch du willst sie nicht mehr. Und machst dich dadurch unerreichbar.

Muss ich mich daran freuen, dass ich zumindest für kurze Zeit dachte, du wärst erreichbar? Ja. Diese Erfahrung ist unbezahlbar, macht mich reicher, als ich jemals war. Sie lässt mich hoch fliegen und gleichzeitig tief fallen. Denn in dieser Zeit hast du mir gezeigt, was möglich wäre. Was möglich gewesen wäre. Wie es wäre, diese Verbindung zu leben. Offen und für alle sichtbar. Nicht hinter vorgehaltenen Händen, hinter heimlichen Emails und Nachrichten. Ich wollte nichts verstecken. Ich wollte allen zeigen, dass ich dich erreicht habe. Dass ich es einmal konnte. Auch wenn es nicht von Dauer war. Ich wollte allen beweisen, dass ich es geschafft habe, an dein Herz zu kommen. Obwohl ich es gar nicht geplant hatte. Ich wollte es dir beweisen. Und mir.

Heute bist du so weit weg wie noch nie. Obwohl du nur wenige Meter entfernt bist. Du bist so weit weg, dass ich deine Seele kaum mehr spüre. Nur in Momenten, in denen du unachtsam bist, spüre ich dich. Fühle ich, was du fühlst. Du warst für mich erreichbar, als du der warst, der du wirklich bist. Als du deine Maske aufgesetzt hattest, warst du für mich wieder unerreichbar. Wie es immer war. Und wie es immer bleiben wird. Unerreichbar zu sein ist keine besonders gute Charaktereigenschaft. Schon gar nicht, wenn man weiß, welcher Schatz hinter dieser Maske verborgen liegt. Ich werde diesen Schatz, den ich einmal für kurze Zeit erreicht habe, immer im Herzen tragen. In meiner persönlichen Schatzkiste.

FREMD

Sie sieht ihn an und erkennt ihn kaum wieder. Seine Augen sprechen eine andere Sprache, seine Bewegungen sind chiffriert und seine Stimme klingt eigenartig fremd. Fremd. Das ist es. Er ist ihr fremd geworden. Der Mensch, den sie geliebt hat, existiert nicht mehr. Es gibt ihn schlicht und einfach nicht. Würde es ihn noch geben, hätte er ihr niemals Vorwürfe gemacht. Er hätte niemals geglaubt, dass sie ihn jemals hassen könnte. Er hätte niemals gedacht, dass sie sich in sein Leben einmischen möchte. Er hätte niemals gesagt, dass sie ihre Selbstachtung verloren hätte, und dass er mit ihr nichts mehr zu tun haben möchte.

Nein, den Menschen, den sie geliebt hat, und der sie geliebt hat, den gibt es nicht mehr. Sie könnte ihn niemals hassen. Sie hatte es versucht, aber abgesehen davon, dass sie gar nicht dazu fähig ist, zu hassen, könnte sie niemals einen Menschen hassen, für den sie so viel empfunden hatte. Wie konnte er das nur denken? Wie konnte er ihr vorwerfen, sich in sein Leben einzumischen, wo er sie in sein Leben hineingezogen hat und sie vorsichtig, wie auf Zehenspitzen mit ihm gegangen ist? Wie konnte er ihr mangelnde Selbstachtung vorwerfen? Sie hat zwar alle ihre Prinzipien für ihn über Bord geworfen, sie hat alle ihre moralischen Werte ignoriert, um diese Liebe zum Leben erwachen zu lassen, aber jetzt? Sie zeigt Größe, verzeiht ihm, versucht ihn mit aller Kraft loszulassen, und jetzt hat sie keine Selbstachtung? Sie versteht die Welt nicht mehr. Alles, woran sie geglaubt hatte. Alles, worin sie vertraute. Alles hat er ihr genommen. Und dann wirft er ihr Dinge vor, die sie in ihren kühnsten Träumen nie für möglich gehalten hätte.

Es gibt ihn nicht mehr. Sie vermisst diesen Menschen, den es nicht mehr gibt. Sie vermisst das Gefühl, das er ihr gegeben hat. Die Worte, die er ihr zugeflüstert hat, die Versprechen, die er ihr gegeben hat. Sie vermisst die Zukunft, an die sie geglaubt hatte. Sie vermisst ihn. Ganz einfach. Sie vermisst ihn.

Es ist wie um einen Verstorbenen zu trauern. Denn eigentlich ist es nicht anderes. Wenn ein Mensch plötzlich so fremd wird, dass er mit dem früheren Liebsten nichts mehr zu tun hat, dann ist diese Person gestorben. Sie trauert um ihn. Sie versteht diesen Fremden nicht. Sie ist sich auch nicht sicher, ob sie ihn verstehen möchte. Er ist fremd. Er ist weg. Er fehlt. Und sie trauert und versucht, ihn endgültig loszulassen. Sie versucht, all die schönen Dinge in ihrer Erinnerung zu behalten. Sie einzuschließen in einer imaginären Seifenblase.

War es denn viel mehr, als eine Seifenblase, die letztendlich geplatzt ist? Sie ist sich nicht sicher. Sie hält die Gefühle fest und ist froh, all dies erlebt zu haben. Sie ist dankbar, dass sie diese Gefühle erleben durfte, mit einem Menschen, den es heute nicht mehr gibt. Er ist nicht mehr da. Er ist fremd. Und sie lässt ihn los. Denn der Fremde, der in seinem Körper steckt, hat mit ihm nichts mehr zu tun. Auf Wiedersehen, Fremder.

Die Korrektur des Schicksals

Sie konnte schreiben. Sie konnte Geschichten schreiben, Gefühle in Worte fassen und Erinnerungen auf Papier bannen. Sobald sie unglücklich war. Und traurig. Es war ein Talent, das sie bereits vor langer Zeit entdeckt hatte. Sie wurde kreativ, sobald sie Schmerz verspürte, Enttäuschung oder Wut. Sie konnte sich entfalten und ihre Emotionen in Geschichten verwandeln, die andere verzauberten.

War sie glücklich, so konnte sie kaum ein Wort niederschreiben. Die Tugend des Schreibens war nicht nötig. Sie hatte nichts, worüber sie schreiben konnte. Es war genug, das Schöne zu genießen, die Freude zu spüren, die Liebe zu geben und das Leben zu leben. Ihr Glück in Worte zu fassen fiel ihr schwer, weshalb sie auch neue Wörter erfinden musste, um überhaupt annähernd sagen zu können, was sie empfand. Aber ihre Geschichten machten Pause. Während sie ihr Glück lebte, erfuhr es kaum jemand. Sie lebte mit allen Sinnen, schmeckte, roch, fühlte, hörte und sah die Liebe, die ihr entgegen gebracht wurde. Sie saugte jedes Gefühl auf und verinnerlichte, was sie als Wunder empfand. Es war nicht nötig, alles aufzuschreiben, denn sie würde es für immer bewahren.

Doch das Schicksal wurde korrigiert. Ihr Glück wurde ihr entzogen, es wurde ihr weggenommen. Und unmittelbar danach empfand sie den Drang, zu schreiben. Sich den Schmerz von der Seele zu schreiben. Ihre Trauer in Worte zu fassen. Ihre Enttäuschung auf Papier zu bannen. Doch warum heißt es eigentlich, sich den Schmerz von der Seele zu schreiben? Wenn man den Schmerz aufschreibt, wird

er deshalb nicht weniger. Er verabschiedet sich nicht, er schleicht sich nicht weg, wie ein ungebetener Gast. Er ist präsent. Er ist da und ganz real. Er manifestiert sich in Buchstaben, in Worten und Sätzen. Der Schmerz bleibt und prägt sich ein. Man setzt sich damit auseinander. Durch das Schreiben lässt er sich nicht unterdrücken, beiseiteschieben, übergehen oder vergessen. Er ist da.

Es war die Korrektur des Schicksals, die sie wieder zum Schreiben brachte. Ihre Berufung. Ihre kreative Ader, die aus unerfindlichen Gründen immer nur in tiefer Traurigkeit aus ihr heraussprudelte.

Und sie sprudelte. Sie ließ sich nicht aufhalten, begann einen Text, eine lyrische Abhandlung, einen Vers und ein Kapitel nach dem nächsten. Sie kreierte Charaktere und erfand Geschichten, sie komponierte Melodien und passende Verse dazu. Sie versetzte sich in das Kind, das nicht einschlafen konnte und schrieb eine Gute-Nacht-Geschichte. Sie versetzte sich in das Mädchen, das Angst vor der Dunkelheit hatte, und schrieb ein Lied, das sie in der Dunkelheit nicht alleine sein ließ. Sie versetzte sich in das glückliche Paar und schrieb ihnen wundervolle Wünsche für ihre Zukunft. Und sie blickte auf sich selbst – von außen. Sie schrieb über sich selbst, über ihren Schmerz, über ihre Freude und die unendliche Liebe, die sie einst gespürt hat.

Hätte sie diese Kreativität leben können, wäre sie glücklich geworden? Niemand kann diese Frage beantworten. Aber sie vermutet, dass es ihr Schicksal ist, unglücklich zu sein. Dass ihr Schicksal sie immer wieder korrigiert, sobald sie einen Moment glücklich sein durfte. Denn vielleicht war es ihr Schicksal, anderen Menschen mit ihren Texten zu helfen. Menschen, die jemanden suchten, der auch den Schmerz empfand, und es wagte darüber zu schreiben. Der seine Gedanken, Ängste und Hoffnungen mit ihnen teilte und alles etwas greifbarer machte. Sie nicht alleine im Regen stehen ließ. Die Menschen schöpften Hoffnung aus ihren Werken. Sie hörten zu, lasen vertieft ihre Zeilen und interpretierten sie auf ihre eigene Weise. Und auch wenn vieles nicht so ankommt, wie es ursprünglich gedacht war, so konnte sie mit ihren Worten die Menschen bewegen.

Manchmal korrigiert das Schicksal so, dass es nicht nur für einen einzelnen gut ist. Dass es vielleicht für einen Menschen den Untergang bedeutet. Aber für viele andere Hoffnung. Vielleicht war es die Korrektur des Schicksals, die sie ihre Kreativität leben lässt. Sie kreiert Hoffnung. Ihr Schmerz kreiert Hoffnung. So wollte es das Schicksal. Und so hat es das Schicksal korrigiert.

Bitte

Bitte lass mich nicht bereuen, dass ich dir vertraut habe.

Bitte lass mich nicht bereuen, dass ich dir alles erzählt habe, was mich bewegte.

Bitte lass mich nicht bereuen, dass ich mich dir geöffnet habe.

Bitte lass mich nicht bereuen, dass ich dich in mein Leben gelassen habe.

Bitte lass mich nicht bereuen, dass ich meine Gefühle zugelassen habe.

Bitte lass mich nicht bereuen, dass ich dir meine Liebe geschenkt habe.

Bitte lass mich nicht bereuen, dass ich deine Mauern niedergerissen habe.

Bitte lass mich nicht bereuen, dass ich dich in meine Seele blicken lassen habe.

Bitte lass mich nicht bereuen, dass ich dir einen Platz in meinem Herzen angeboten habe.

Bitte lass mich nicht bereuen, dass ich geschworen habe, dass dieser Platz für immer dein sein wird.

Bitte lass mich nicht bereuen, dass ich dir mein Leben schenken wollte.

Bitte lass mich nicht bereuen, dass ich alles für dich aufgegeben hätte.

Bitte lass mich nicht bereuen, dass ich meine Prinzipien für dich vergessen habe.

Bitte lass mich nicht bereuen, dich mit ganzem Herzen geliebt zu haben.

Bitte lass mich nicht bereuen, dass ich dir verziehen habe.

Bitte lass mich nicht bereuen, dass ich dich verstanden habe.

Bitte lass mich dich nicht bereuen. Bitte lass mich dich niemals bereuen.

Die Abrissbirne

Wie einem das Schicksal doch mitspielen kann. Sie hatte schon vieles erlebt. Gutes und Schlechtes, Fröhliches und Trauriges. Doch nach jeder Niederlage fand sie wieder die Kraft, aufzustehen. Sie sammelte sich wieder ein und schwor sich, es beim nächsten Mal besser zu machen. Gut zu prüfen, worauf sie sich einließ und nicht Hals über Kopf in etwas zu stürzen, das ihr Verderben bedeutete. Sie wollte keine Abrissbirne sein, die sich in das Leben eines anderen drängen musste. Sie wollte sich überhaupt nicht drängen müssen. Es sollte einfach gehen und sie wollte nicht die Spur der Abrissbirne sein, die sie scheinbar schonmal war.

Sie beschloss sich wieder selbst zu finden, zu erforschen, wer sie wirklich war und was sie wollte. Sie war in Begleitung. Er half ihr, sich selbst zu erkennen, den Wert ihres Wesens hervorzukehren, ihre Talente zu erkennen und sich vollständig zu fühlen. Langsam ließ sie ihn in ihr Leben und langsam ließ er sie in ihres. Sie war nicht mehr die Abrissbirne, sie war ganz sie selbst. In ihrem Tempo, in ihrer Mitte, in ihrem Herzen. Er wollte ihr zeigen, dass es auch anders geht, dass eine Enttäuschung nicht vorprogrammiert ist, wie es ist, wenn ein Ritter zur Rettung eilt. Sie ließ sich darauf ein und tauchte langsam in eine Welt ein, die ihr bislang unbekannt war. Doch sie fühlte sich dort Zuhause. Sie war angekommen.

Und plötzlich bekam dieser Ritter Angst. Zu groß wurde die Bürde, die er sich auferlegt hatte. Sie glücklich machen zu wollen. Obwohl er ihr Glück in jedem ihrer Worte erkannte und sie mit jeder seiner Taten glücklicher wurde. Sie glaubte ihm, er hatte es geschafft, sie vom Gegenteil zu überzeugen. Ihr zu zeigen, dass es wahres Glück und wahre Liebe gibt. Doch er hatte Angst, dass ihre Wunden aus der Vergangenheit zu schwerwiegend waren, um sie gesund küssen zu können. Zu schwer wog dieser Zweifel, ob er stark genug sein würde, sie auch noch länger glücklich machen zu können.

Sie war sich sicher, dass er es war, der es hätte schaffen können. Da war sie einmal keine Abrissbirne und ließ sich langsam darauf ein, glaubte alles, was man ihr versprach, vertraute auf eine bessere Welt ... und dann hatte er Angst vor ihren Wunden. Wie sollte sie diese Wunde nun verarzten? Sie hatte nie zuvor mehr gefühlt, sie hatte nie mehr vertraut und an etwas geglaubt. Sie hatte alles aufs Spiel gesetzt und verloren. Alles.

Alles, was jetzt noch kommen würde, wäre eine Lüge. Wie konnte jemand anderes mit dieser Bürde fertig werden, wenn er es nicht schaffte? Sie war sich so sicher, dass sie gemeinsam alles schaffen konnten. Aber wenn er es nicht schaffte, wer dann?

Sie war keine Abrissbirne mehr. Sie war gar nichts mehr.

Spüre ich dich?

Ich habe dich immer gespürt. Ich habe gespürt, wenn du traurig warst, angespannt oder voller Zweifel. Ich habe gespürt, wenn du glücklich warst, wenn du gelacht hast und du ganz du selbst sein konntest. Ich habe deine Liebe gespürt, die Verbindung, die uns jenseits von allem, was wir wissen, verbunden hat. Sie war so stark. Sie war so magisch. So einzigartig überirdisch.

Du wusstest, wann ich dich am meisten brauchte. Auch wenn du weit weg warst, wusstest du, wann ich deine Stimme hören musste, wann mich eine kurze Nachricht aufbaute und nur ein Gedanke an dich mir ein Lächeln übers Gesicht zauberte. Du dachtest dieselben Worte wie ich. Du brachtest sie zur gleichen Zeit in deiner Sprache zum Ausdruck, wie ich in meiner Sprache. Du beantwortetest Fragen, die ich nie gestellt habe. Sagtest Dinge, die ich nie offen ausgesprochen hatte. Wir konnten die Manifestationen dieser Verbindung nicht glauben. Wir waren fassungslos, was passierte, konnten nicht verstehen, wie es funktionierte. Diese Verbindung. Dieses Wissen, wie es dem anderen geht. Das Spüren, wenn der andere an einen denkt. Du hast mich gespürt. Und ich habe dich gespürt.

Spüre ich dich noch? Ja. Ich spüre dich. Ich weiß nur nicht, was ich spüre. Denn ich erhalte keinen Beweis dafür, dass es stimmt, was ich spüre. Ich erhalte keine Rückmeldung auf meine nicht gestellten Fragen. Du sagst nichts mehr, was ich nicht auszusprechen wage. Du bringst die Worte in deiner Sprache nicht mehr zum Ausdruck. Die Manifesta- tion gehört der Vergangenheit an. Ich weiß nicht, ob es stimmt, was ich in meinen Träumen sehe. Ich weiß nicht, ob ich fühle, was du fühlst. Ich weiß nicht, ob ich weiß, wie es dir geht. Denn ich erhalte keinen Beweis dafür. Aber den brauche ich nicht.

Denn ich spüre dich. Das hat sich nicht geändert und das wird sich nicht ändern. Denn ich spüre dich jeden Tag. Jede Nacht. Ich spüre dein Glück, das du weit weg von mir erlebst. Ich spüre deine Zweifel, die du trotz meiner Abwesenheit hast. Ich spüre deine Traurigkeit über mögliches Scheitern. Ich spüre deine Wehmut über das, was war.

Ich spüre dich. Ich spüre dich bei jeder Melodie, die ich höre, bei jeder Melodie, die ich schreibe. Ich spüre dich bei jedem Wort, das meine Lippen verlässt. Ich spüre dich bei jedem Satz, den ich schreibe. Ich spüre dich bei jedem Sonnenstrahl, der mein Gesicht erhellt und bei jedem Regentropfen, der meine Haut benetzt. Ich spüre dich bei jeder Träne, die meinen Wimpern entfleucht und bei jedem Windhauch, der meine Haare zerzaust. Ich spüre dich bei jedem Schritt, egal ob bergauf oder bergab, ich spüre dich bei jeder Bewegung.

Ich spüre dich, wenn ich einschlafe, und wenn ich aufwache. Ich spüre dich mit jedem Herzschlag. Denn mein Herz schlägt in deinem Rhythmus. Ich spüre dich. Egal was war. Egal was ist. Egal was jemals sein wird. Ich spüre dich.

Spürst du auch mich?

Aufgeben

Du hast uns aufgegeben. Entgegen allem, was du jemals zu mir gesagt hast, hast du uns aufgegeben. Du hast aufgegeben, um uns zu kämpfen. Du hast aufgegeben, an uns zu glauben. Du hast aufgegeben, der zu sein, der du eigentlich sein willst. Du hast aufgegeben, das zu verfolgen, was dich ausmacht.

Für immer, hast du gesagt. Für immer wirst du da sein. Egal was kommt. Du wolltest mich in deinem Herzen behalten, egal was kommt. Du wolltest mich für immer lieben. Du hast diese Liebe aufgegeben.

Aber warum? Ist es zu schwierig geworden? Es gibt kein Leben ohne Komplikationen. Wir alle gehen Kompromisse ein. Auch ich wäre viele Kompromisse eingegangen. Aber es wäre egal gewesen. Es wäre nicht darauf angekommen, welche Kompromisse ich hätte eingehen müssen. Es wäre auf das „für immer" mit dir angekommen. Nur das hätte gczählt.

Du hast uns aufgegeben. Du hast unser Team verlassen, unsere Seelenpartnerschaft. Du bist geflohen, weil du dachtest, du müsstest das Richtige machen. Was ist das Richtige? Am Ende war es völlig egal, was wir jemals waren.

Hast du jemals an uns geglaubt? Oder hast du nur mich jeden Tag in dem Glauben gelassen, dass wir alles sind. Dass wir alles können. Dass wir alles schaffen. Hast du jemals daran geglaubt, dass es dieses „für immer" gibt?

Ich habe es geglaubt. Ich habe es gespürt und gewusst. Für immer. Genau das war es, was alles andere wert gewesen wäre. Doch du hast es nur gesagt. Weil du es in einem Moment empfunden hast. Und einen Moment später nicht mehr? Was ist in diesem Moment zwischen „für immer" und „nie wieder" passiert? Was habe ich in diesem Moment nicht gesehen, nicht gespürt oder gehört? Was hat mich glauben lassen, dass es dieses „für immer" geben wird?

Du hast uns aufgegeben. Du hast alles aufgegeben, was uns ausmachte. Du hast alles aufgegeben, was ich wollte, was ich mir wünschte, und was du mir versprochen hast. Du hast uns aufgegeben, weil es die einfachere Option war. Du hast aufgegeben. Mit einem Wimpernschlag. Die Entscheidung ist dir sehr leicht gefallen, denn es war nicht mehr relevant, ob es mich noch gibt, oder nicht. Ich war in diesem Moment nicht mehr da. Nicht mehr in deinem Radius. Du hast mich bereits ausgeschlossen, als du aufgegeben hast.

Du hast uns aufgegeben. Du hast dich aufgegeben. Du hast mich aufgegeben.

Es tut mir leid

Sie meidet meinen Blick. Sie dreht sich weg. Sie geht mir aus dem Weg und versucht, jeder Kommunikation den Rücken zu kehren. Und doch hält sie meinen Blick für eine Sekunde. Eiskalt. Ich lächle. Sie nicht. Eiskalt ist der Blick, den sie mir zuwirft, getarnt in einem emotionslosen Gesicht, das den Schein der Professionalität wahren soll. Mein Blick sagt: „Es tut mir leid." Doch sie geht nicht darauf ein. Sie dreht sich um und geht, ohne sich umzudrehen. Mein Blick sagt: „Ich verstehe dich". Er sagt: „Ich weiß, dass es weh tut." Doch keine meiner Botschaften kommt an.

Hätte ich die Möglichkeit, etwas zu sagen. Hätte ich die Chance auch nur einen Satz zu sagen, wäre es: „Es tut mir leid." Vermutlich wäre ich gar nicht zu mehr in der Lage. Sie hat den gleichen Schmerz erlebt wie ich. Wir sitzen im selben Boot, aber sie sieht es nicht. Sie denkt, ich bin an allem Schuld. Sie sieht mich als Mastermind hinter einem perfiden Plan, der ihr ihre Liebe gestohlen hat. Nein, ein Mastermind bin ich sicher nicht. Sonst würde ich nicht je- den Abend alleine meinem Schmerz freien Lauf lassen.

Die Kälte in ihrem Blick verrät ihre Enttäuschung. Ich kann sie verstehen. Aber ich wäre wohl die letzte Person, mit der sie darüber reden würde. Wir sind beide als Verlierer aus diesem Spiel hervorgegangen. Aber sie denkt, dass ich der gebührende Verlierer bin. Sie denkt, dass ich sie als Verliererin sehen wollte. Doch nichts von alledem entspricht der Wahrheit.

Ich würde ihr gerne sagen, dass ich sie verstehen kann. Dass sie wütend, traurig und enttäuscht sein darf, und dass sie nicht zu stolz sein muss, das zu zeigen. Dass sie ihrem Ärger Luft machen darf und, dass sie mich mit Eiseskälte strafen darf. Ich würde ihr gerne sagen, dass ich ihren Schmerz kenne, dass ich weiß, wie sie sich fühlt, wenn sie heute Abend alleine einschläft. In einem Bett, das viel zu groß erscheint. Wenn sie alleine aufwacht und ein paar Minuten braucht, um zu realisieren, dass sie ab jetzt jeden Tag alleine aufwachen wird.

Ich möchte ihr sagen, dass ich niemals einen Plan hatte. Dass ich nicht wollte, dass Menschen verletzt und enttäuscht werden. Dass ich nie wollte, dass ich ein Störfaktor bin. Dass es mir leid tut.
Aber es tut mir nicht leid, diese Liebe gelebt zu haben. Ich werde mich nicht entschuldigen, dass ich mich verliebt habe und, dass ich diese Liebe zugelassen habe. Für eine solche Liebe entschuldige ich mich nicht. Ich werde mich nicht rechtfertigen, für etwas, das sie ihre Wahrheit nennt. Ich werde ihre Wahrheit nicht bekämpfen, jedoch nicht akzeptieren.

Sie muss meine Wahrheit nicht anhören. Sie will es nicht und wird es auch nicht. Aber hätte ich nur die Chance für ein paar Sekunden, in der die Eiseskälte Pause macht, ich würde sagen: „Es tut mir leid." Denn alles andere sagen meine Augen, die das Eis vielleicht ein kleines bisschen schmelzen lassen.

Aufgebrauchtes Glück

Wie viel Glück steht uns zur Verfügung? Und überhaupt ... wie viel Glück steht uns zu? Und was passiert, wenn wir es aufgebraucht haben? Gibt es das überhaupt? Kann man sein Glück überstrapazieren? Und was, wenn es falsches Glück war?

Viele Menschen leben einen Schein. Sie leben ein Leben, das nicht wahrhaftig ist. Sie denken, es ist alles gut so, wie es ist. Und es ist genau das, was sie wollen. Sie fühlen sich geborgen, gut aufgehoben und angekommen. Sie können es sich gar nicht anders vorstellen. Ein anderes Leben? Da wären sie doch völlig fehl am Platz. Alles ist genauso, wie es sein soll. Es plätschert dahin, ohne große Höhen oder Tiefen. Es ist alles ganz normal. Und plötzlich wird aus dieser Normalität ein Alptraum. Es stellt sich heraus, es ist nichts so, wie es scheint. Das Leben, in dem man geglaubt hat, angekommen zu sein, war nichts weiter, als ein gut inszeniertes Theaterstück. Der Mensch, dem man über alles vertraute, war gar nicht der, für den er sich ausgegeben hatte. Die gemeinsamen Träume? Existieren nicht. Die gemeinsamen Pläne? Einfach ausgesprochen, damit Ruhe ist. Damit man nicht darüber sprechen muss, oder gar nachdenken. Es ist alles gar nicht so, wie es eigentlich war. Dieses Glück, das man gespürt hat, war gar nicht echt. Oder doch?

Dieses Glück, das die Menschen in diesen Beziehungen empfinden, bleibt. Denn sie haben es so gefühlt, erfahren und gelebt. Auch wenn ein anderer Theater gespielt hat. Es war Glück. Es wurde nur zuletzt getrübt. Die Erinnerungen an eine glückliche Zeit wurden durch den Dreck gezogen. Alles war gar nicht so, wie man dachte, die Pläne, die ge- schmiedet wurden, verpuffen im luftleeren Raum. Und dennoch – hat man Glück gespürt, dann war es auch echt. Zumeist sind die Menschen sogar unglaublich glücklich in diesen Beziehungen. Schließlich gibt es keine größeren Probleme, die es zu bewältigen gilt. Es gibt keine Tiefen, keine Krisen, keine komplizierten Diskussionen. Es gibt nur die Normalität. Wenn diese Normalität einem genommen wird, dann wird einem auch gleichzeitig das Glück genommen. Ein Glück, das man in Frage stellt. Aber es war da. Egal, ob es ein anderer auch gemeint hat. Was zählt, ist das eigene Glück. Man glaubt danach, dass dieses Glück nicht das wahre Glück sein hat können. Dass das richtige Glück noch auf einen wartet. Aber was ist, wenn man in diesen Schein sein ganzes Glück investiert hat? Ist es dann aufgebraucht? Ist es irrtümlicherweise in eine falsche Beziehung, in einen falschen Job oder ein falsches Zuhause investiert worden?

Glück ist niemals falsch investiert. Es ist da, oder eben nicht. Glück kann niemals falsch sein. Egal, in welchen Wellen es kommt. Glück ist einzigartig. Jedes Mal. Ob wir es aufbrauchen können? Ob wir es wieder erfahren können, wenn wir wiedermal enttäuscht wurden? Gibt es einen Topf voll mit Glück für jeden Menschen? Und wenn man auch nur für einen kurzen Augenblick so unbeschreiblich glücklich war, dass dieser Topf in nur einem Augenblick aufgebraucht war? Kann das sein?

Manche Menschen sind mäßig glücklich, es ist alles „okay". Sie sind vielleicht ihr ganzes Leben lang mäßig glücklich. Und plätschern so vor sich hin. Sind damit zufrieden. Und erfahren deshalb ihr ganzes Leben lang eine Art von Glück, die ein anderer als lapidar empfindet. Langweilig. Nicht außergewöhnlich. Ein anderer lebt von Glücksmomenten. Glücksmomente, in denen der Mensch ein Glücksempfinden hat, wie er es nicht beschreiben kann. Wofür es noch keine Worte gab, sodass man neue erfinden muss. Glücksmomente, in denen man die Welt rundherum vergisst. Jede schmerzhafte Erinne- rung wird ausgelöscht. Es geht nicht um die Zukunft. Es geht um den Moment. Um das absolute Glücksgefühl. Aber auch wenn man sein Glück vielleicht in einem winzigen Moment bereits verbraucht hat, so war es alles wert. Denn andere erleben nicht im entferntesten einen solchen Glücksrausch. Richtiges Glück erlebt man in solchen Momenten. Die einem die Sprache rauben. Die einen wunschlos glücklich machen. Sprichwörtlich. Selbst wenn danach alles Glück aufgebraucht ist. Glück ist es immer wert, gefühlt zu werden.

Verstecken

Man kann sich nicht verstecken vor dem, wer oder was man ist. Das würde auch gar keinen Sinn machen. Eigentlich wäre das ganz schön ungünstig. Wenn man sich versteckt, verstellt man sich. Und alle rundherum lernen einen ganz anderen Menschen kennen. Vielleicht kann man eine Weile diese Fassade aufrechterhalten. Und es soll Menschen geben, die diese Fassade perfektioniert haben. Aber sobald jemand ein bisschen zu nahe kommt, dann bröckelt die Mauer. Sie fällt vielleicht ganz und gar in sich zusammen. Und dann sieht ein Mensch einen Menschen, den sonst keiner kennt. Denn er ist versteckt für alle anderen. Und somit ist er jemand anders.

Schade. Denn was sich im Innersten eines Menschen befindet, ist so wunderschön, dass es unbeschreiblich ist. Es ist so rein und klar, so logisch und so natürlich, dass es für den einen Menschen, der es geschafft hat, die Fassade zu durchdringen und die Maurer nach Hause zu schicken, ein Wunder ist. Jeder Mensch ist ein Wunder. Wir machen diese Wunder kaputt, indem wir uns verstecken. Indem wir an uns zweifeln und denken, wir müssen uns verstecken, um akzeptiert zu werden. Um geliebt zu werden. Und schließlich ist es doch das, was wir allen wollen. Geliebt werden.

Und genau da sollten wir mal ein bisschen genauer überlegen. Möchten wir einen Menschen lieben, der sich nicht so zeigt, wie er ist? Möchten wir eine Fassade, eine Mauer lieben? Was würden wir sagen, wenn die Mauer nach Wochen, nach Monaten oder gar Jahren zu bröckeln beginnt und sich herausstellt, den Menschen, den wir lieben, gibt es gar nicht? Der Mensch ist ein ganz anderer. Vielleicht bes- ser, vielleicht auch nicht. Aber eines ist sicher, der Kern des Menschen ist immer mehr wert als seine Fassade. Deshalb macht es gar keinen Sinn, sich zu verstecken.

Irgendwann kommt auch das versteckteste Wunder zum Vorschein. Irgendwann kommt es durch, das grelle Licht, das sich durch die kleinen Ritzen in der Mauer, zwischen den Ziegeln, seinen Weg nach außen bahnt. Der Mensch ist nicht geschaffen, um für immer ein Spiel zu spielen. Kein Mensch hält es durch. Es macht uns kaputt. Von innen nach außen. Wir sollten die Reißleine ziehen, und die Mauer einreißen, die Fassade zerschmettern. Bevor wir uns systematisch von innen nach außen zerstören. Wir haben es in der Hand, wie uns die Menschen sehen. Als Wunder, oder als Mauer.

Und worauf blickt man lieber, wenn man aus dem Fenster blickt? Auf eine Mauer, oder auf ein Wunder?

Zeitzone

Hektisch ziehen die Leute ihr Gepäck mit sich herum. Sie stürzen von einer Station zur nächsten, doch haben sie ein Ziel? Ihre Blicke schweifen nervös von links nach rechts. Von rechts nach links. Was genau suchen sie? Einen Eingang? Einen Ausgang? Eine Brücke, die auf einen anderen Weg führt? Mit ihrem Gepäck hetzen sie herum und werfen alle paar Sekunden einen Blick auf ihre Uhren. Sind sie zu spät? Zu früh? Ist noch genügend Zeit?

Man hört es surren und klappern. Schritte schleifen über den Boden, Absätze klackern auf dem Stein, Gepäckstücke fallen zu Boden. Es ist das kontrollierte Chaos. Viele von ihnen pilgern in die gleiche Richtung. Einige von ihnen kämpfen sich durch die Mengen in die entgegengesetzte Richtung. Wo ist ihr Ziel? Haben sie eines?

Sie hetzen aneinander vorbei. Rempeln sich um und treten einander auf die Zehen. Ohne Rücksicht auf Verluste. Jeder flieht vor den anderen, setzt sich einem Wettkampf gegen Unbekannte aus. Gegen die Zeit. Gegen sich selbst. Wohin wird sie ihr Weg führen? Ist es ein Ziel, das sie von hier weg bringt, oder ein Ziel, das sie nach Hause kommen lässt? Flüchten sie in eine andere Welt, oder kommen sie in ihrer Realität an?

Was wollen wir? Wohin wollen wir? Ist unser Geist ein Bahnhof oder ein Flughafen mit regelmäßigen Möglichkeiten, woanders hinzugelangen? Oder ist unser Geist dort, wo wir sind? Sind wir dort, wo unser Geist ist? Wo sind wir eigentlich? Die große Uhr mit der Anzeige mit Ankünften und Abflügen ist für jeden anders eingestellt.

Jeder lebt in seiner Zeitzone. In seiner Komfortzone. Doch manchmal wollen wir hinaus. Weit weg. Und ohne Gepäck. Wir rempeln andere auf unserem Weg um. Und steigen ihnen auf die Zehen. Wir stehen uns möglicherweise selbst im Weg. Mitten in unserem geistigen Bahnhof. Mitten auf unserem geistigen Abflug-Gate. Wir sind unsere eigene Passkontrolle und verweigern uns die Einreisen in unsere

Zukunft. Vielleicht auch schon in unsere Gegenwart. Oder gar unsere Vergangenheit. Es kommt ganz darauf an, in welcher Zeitzone unsere Uhr tickt.

Die Prüfungen

Es ist ein kleiner unscheinbarer Eingang. Und nicht jeder findet ihn. Es ist auch nicht jedem bestimmt, ihn zu finden. Wie eine kleine, geheime Höhle, die einen Schatz beherbergt. Einen Schatz mit unschätzbarem Wert. Ein Schatz, der nur ganz wenigen Menschen vorbehalten ist.

Und auch, wenn man den kleinen, unscheinbaren Eingang gefunden hat, so ist einem der Zutritt nicht gewiss. Um an den Schatz zu gelangen, müssen die tapferen Eroberer eine Handvoll Prüfungen bestehen. Es warten keine feuerspeienden Drachen oder giftigen Seen auf sie, es warten einige Tests. Und diese Tests müssen sie ganz beiläufig absolvieren. Im ersten Test geht es um Vertrauen. Im zweiten um Wahrhaftigkeit. Im dritten Test um Mut. Im vierten um Liebe. Im fünften um Magie.

Kein Werkzeug und kein Trick kann hier helfen. Keine Waffe macht den Weg frei. Kein Kraftakt kann Mauern einreißen. Es ist die Reinheit der Seele, die den Zutritt gewährt. Oder auch nicht. Denn nur eine reine Seele kann ihren Seelenpartner finden. Den wertvollsten Schatz, den es gibt. Den mit unschätzbarem Wert.

Nur, wer sich als würdig erweist, erobert die reine Seele in der kleinen, geheimen Höhle mit dem unscheinbaren Eingang. Doch auch, wenn man dort angekommen ist, so ist der ewige Zugang nicht garantiert. Es gehört Vertrauen dazu, die Seele zu behalten. Es gehört Wahrheit und Wahrhaftigkeit dazu, die Seele zu ehren. Es gehört Mut dazu, sich der Seele jeden Tag von neuem zu öffnen. Es gehört Liebe dazu, es jeden Tag zu wollen. Und die Magie sagt einem, dass es richtig ist. Dass es richtig ist, sich jeden Tag aufs Neue diesen Prüfungen zu stellen. Sodass eine Seele die andere immer wieder neu erobert. Und die Magie am Leben erhält.

Das Schwert

Es ist Zeit, dein Schwert niederzulegen. Der Kampf ist vorbei. Lange genug hast du dich in der Vergangenheit aufgehalten. Lange genug hast du einen Kampf gegen dich selbst geführt. Du musst nicht mehr kämpfen. Verzeihe deiner Mutter. Verzeihe deinem Vater.

Deine Mutter liebt dich, das weißt du. Du hast das Schwert deiner Mutter übernommen und den Kampf in ihrem Namen weitergeführt. Lass es sein. Es geht um dich. Nicht um sie. Sie hat dir alles mitgegeben, was du brauchst, um ganz du sein zu können. Spiele keine Rolle. Lass das Schwert sinken.

Auch dein Vater liebt dich. Und sein Schwert hat ebenso ausgedient. Du musst nicht mehr für ihn kämpfen. Auch wenn es nicht so scheint, aber er kämpft um dich. Lass diesen Kampf sein. Er bringt niemanden weiter. Lege alle Schwerter nieder. Sei einfach nur Tochter. Frau. Keine Kriegerin. Sei du selbst. Begegne den Menschen ohne Waffen, und du wirst sie mit deinem Wesen entwaff- nen. Es ist keine Kapitulation. Es ist eine Erkenntnis. Die Erkenntnis, dass es reicht, du selbst zu sein. Dass es gut ist, so wie du bist. Dass kein Kampf nötig ist, um mit dir selbst im Reinen zu sein. Dass keine Wut, kein Schmerz und kein Kampf der Welt irgendetwas besser macht.

Leg deine Schwerter nieder. Vergrabe sie und blicke nicht zurück. Deine Zukunft ist dein Licht.

Wenn du wüsstest

Du nimmst ihre Hand und es fühlt sich gut an. Du siehst in ihre Augen und sie lächelt. Und immer wenn sie lächelt, lächelst du auch. Denn du bist es, dem sie ihr Lächeln schenkt. Du lauscht ihren Worten und egal was sie sagt, es klingt schön. Sie schmückt ihre Sätze aus mit allen Worten, die die Welt zu bieten hat. Und du bist es, für den sie diese Worte sucht. Du streichst ihr eine Haarsträhne hinter's Ohr, während sie den Kopf schüttelt. Du hast ihr ein Kompliment gemacht und sie wird leicht rot, aber du denkst, dass sie weiß, dass du es ernst meinst. Danach schenkt sie dir ein ehrliches Grinsen, bei dem sich ihre Mundwinkel neckisch nach oben kräuseln.

Wenn du nur wüsstest, was sich hinter diesem Lächeln verbirgt. Was sie denkt und fühlt. Wenn du nur wüsstest, ob es bei ihr ankommt, was du ihr geben möchtest, und ob sie versteht, was du ihr mit deinen Gesten sagen möchtest. Wenn du nur wüsstest, ob es sich für sie auch richtig anfühlt, wenn du ihre Hand nimmst und ihr Haar aus dem Gesicht streichst.

Wenn du nur wüsstest.

Wenn du nur wüsstest, wie sie deine Zuneigung genießt, wie sie sich auf dich und auch über dein Lächeln freut. Wenn du nur wüsstest, dass alles bei ihr ankommt und, dass sie das alles zu schätzen weiß. Wenn du nur wüsstest, wie sie sich bemüht, dir das Gefühl zu geben, dass es richtig ist.

Wenn du nur wüsstest.

Wenn du nur wüsstest, welcher Kampf in ihr tobt. Der Kampf des Vergessens. Der Kampf darum, wieder fühlen zu können, zu dürfen. Der Kampf des Aufwachens und des Vergebens. Ein Kampf, den keiner sehen kann. Doch sie kämpft auch um dich. Aber noch viel mehr kämpft sie um ein anderes Herz. Ein Herz, das sie bereits verloren hat, aber nicht aufgeben kann. Sie kämpft um einen Platz in diesem Herzen, das so fern scheint. Denn sie will nicht vergessen und vergessen werden. Sie kämpft auch um ihr eigenes Herz.

Wenn du nur wüsstest, wie oft sie sich fragt, ob es fair ist. Ob es dir gegenüber gerecht ist. Ob sie es zulassen soll, oder ob sie nicht bereit ist dazu. Wenn du nur wüsstest, wie oft sie im Geiste Sätze formuliert, und überlegt, wie sie es dir sagen soll. Wie sie dir sagen soll, dass du nicht der einzige in ihrem Herzen bist. Viel schlimmer. Dass jemand viel mehr Platz in ihrem Herzen hat, als du. Dass sie diesen Platz auch nicht hergeben möchte, und dass sie das gar nicht könnte. Denn es liegt nicht in ihrer Macht. Sie ist mit diesem Herzen, mit dieser Seele verbunden. Für immer.

Wenn du nur wüsstest, wie sie sich fragt, ob es funktionieren kann, wenn noch ein anderes Herz in ihrem schlägt. Wie sie, wenn sie deine Hand nimmt, sich selbst fragt, ob sie nicht lieber eine andere Hand halten möchte. Wie sie sich fragt, ob sie lieber ein anderes Lächeln auslösen möchte, oder ob eine andere Hand ihre Haare hinter's Ohr streicht.

Wenn du nur wüsstest, dass sich hinter jeder Umarmung eine Träne verbirgt, die sie vertuscht, als hätte sie Staub ins Auge bekommen. Wenn du nur wüsstest, dass hinter jedem Lächeln die Erinnerung an ein anderes Lächeln steckt. Dass jede Berührung die Erinnerung an eine andere Berührung auslöst.

Wenn du nur wüsstest, wie sie kämpft. Einen Kampf, den keiner sehen kann. Den nur sie fühlen kann. Dafür permanent und in jeder Sekunde. Dass sie darum kämpft nicht vergessen zu werden, und nicht zu vergessen. Denn sie möchte keine Sekunde von dem vergessen, was war. Und doch hat sie Angst vor jeder Sekunde die noch sein wird.

Wenn du nur wüsstest. Sie lächelt. Denn sie sieht dein Lächeln. Und weiß, dass du es ehrlich meinst. Das macht sie stark. Und dann fällt ihr dieses andere Lächeln ein. Sie vermisst es. Auch wenn sie es vielleicht nie wieder sehen wird, sie hat es ganz fest in sich verankert. Sie wird es nicht vergessen. Und sie hofft, dass du das verstehen kannst. Vielleicht nicht jetzt, aber irgendwann.

Wenn sie nur wüsste. Wenn sie nur wüsste, ob ihr dein Lächeln genug sein wird. Oder ob sie immer dieses andere Lächeln sucht, um nicht zu vergessen. Wenn du nur wüsstest ...

In seiner Erinnerung

Halt dich an mir fest, hatte er zu ihr gesagt. Einfach so, und wenn es dich innerlich zerreißt. Wenn du glaubst, dass es alles nicht echt ist, und wenn du einfach nur eine Schulter zum Anlehnen brauchst. Er hat es so gemeint. Und sie auch. Sie hat sich an ihm festgehalten. Um nicht ins Taumeln zu geraten, um in den turbulenten Zeiten immer zu wissen, dass er da ist. Dass er wirklich da ist. Da war. Denn als es sie innerlich zerriss, war er nicht mehr da. Und sie konnte sich nicht mehr festhalten. Sie versuchte, ihn so lange wie möglich zu halten, ihn nicht gehen zu lassen, doch sie konnte es nicht aufhalten. Sie taumelte, stolperte und stürzte. Sie schlug auf und die Narben, die diese Risse in ihr verursachten, ließen sie immer wieder erneut taumeln.

Sie hat den Halt verloren. Und ihre Wunden reißen immer wieder neu auf. Doch sie hat nichts mehr, woran sie sich festhalten kann. Die Versuche, für sich selbst der Fels in der Brandung zu sein, glücken nicht immer. Zu tief sind die Narben, die sich in sie gefressen haben. Doch diese allzu präsente Erinnerung hält einer großen Angst die Hand. Diese Angst ist ständig bei ihr, denn sie begleitet die Erinnerung, sie begleitet sie selbst.

Die Angst, nur ein Teil einer Erinnerung zu sein. Die Angst in einer Erinnerung verloren zu gehen. Die Angst, in der Erinnerung als Fehler zu gelten. Sie kämpft gegen diese Gedanken an, aber sie kann es nicht unterdrücken. Für sie war er alles. War sie für ihn nur ein Fehler? Ein Fehler in einer Erinnerung?

Sie sträubt sich gegen manche Erinnerung, doch sie kann nicht bekämpfen, was tief in ihr verankert ist. Was in ihrem Herzen lebt. Kleine Dinge im Alltag lassen ihre Narben in allen Farben leuchten, doch nur sie fühlt das Ziehen, das durch diese Gedanken verursacht wird. In seiner Erinnerung als Fehler zu gelten. Eine ihrer größten Sorgen.

Nicht ihn nie wieder zu sehen, nicht ihn nie wieder in den Arm nehmen zu können. Nicht ihn nie wieder zu riechen oder seine Stimme hören zu können. Diese Angst begleitet sie in allem, was sie tut. Er hat das Bild, das er von ihr hatte, übermalt. Die bunten Farben hat er getauscht gegen schale Grautöne. All ihre leuchtenden Farben gibt es nicht mehr. Es leuchten nur mehr ihre Narben. Und die Angst, in seiner Erinnerung nichts anders als ein Fehler zu sein.

Würde er alles bereuen? Würde es ihm Leid tun, sie je geliebt zu haben? Würde er, wenn er auf sein Leben zurück blickt, diese Liebe als einen Fehler verbuchen und bedauern, dass es je geschehen war? Würde er sie vergessen wollen und würde er alles, was ihn an sie erinnert beiseiteschieben?

Sie wollte nie ein Fehler sein. Und die vielen kleinen Dinge, die sie an ihn erinnern, und ihr manchmal ein Lächeln über die Lippen jagen, stellen ihr diese eine Frage: Warst du nur ein Fehler für ihn?

Die übertragene Angst

Sie kam am Flughafen an und suchte nervös nach ihrem Handy. Als sie es in den endlosen Tiefen ihrer Handtasche endlich entdeckte, war sie enttäuscht. Keine Nachrichten. Keiner, der sie fragte, ob sie gut angekommen war. Keiner, der auf eine Nachricht von ihr wartete, ob sie schon durch die Security Checks war, oder nicht. Das war einmal. Sie war an so vielen Flughäfen gewesen, immer mit dem Handy ganz nah bei sich, denn sie war in permanentem Kontakt mit ihm. Mit dem Mann, der ihr Herz gestohlen hatte. Und sie konnte noch immer nicht glauben, dass ein Mann wie er ihre Gefühle erwiderte. Und schon gar nicht, dass ein Mann wie er sich nach jedem ihrer Schritte erkundigte. Er sah sich auf der Karte an, wohin sie fliegen würde, wann sie abfliegen und ankommen würde. Er erkundigte sich scherzhaft, ob sie bei der Passkontrolle verhaftet wurde und was sie sich im Duty Free für eine Parfumprobe gönnte. Doch jetzt kam nichts.

Sie war das Fliegen gewohnt und hatte nie Angst. Doch dieses Mal waren ihre Hände schweißnass, ihren Herzschlag konnte sie in ihren Ohren spüren, das Blut wurde fest durch ihre Adern gepumpt. Sie schluckte, als sie auf der Anzeigetafel nach ihrem Gate suchte. Noch nicht bekannt. Und noch immer nichts auf dem Handy. Sie ließ sich mit ihrer Handtasche auf einen Sitz in der Wartehalle sinken und starrte auf den schwarzen Bildschirm. Nichts.

Er wusste, dass sie fliegen würde. Vermutlich hatte er es vergessen. Vielleicht hatte er sie vergessen. Er wusste, wohin sie unterwegs war, und wie lange sie bleiben würde. Er wusste, wohin diese Dienstreise ging und, dass sie deshalb die Konzertkarten abgeben musste, um die sie so gekämpft hatten. Jetzt war es sowieso egal. Er würde nie mehr mit ihr auf ein Konzert gehen. Und eigentlich wäre er nur ihr zuliebe mitgekommen. Denn diese Band war ihm nicht wichtig. Sie war ihm wichtig. Aber auch das war einmal.

Sie griff sich an die Wangen und spürte, dass sie glühten. Ohne einen Blick in den Spiegel wusste sie, dass ihre

Wangen und Ohren dunkelrot gefärbt waren, ihr Herzschlag immer noch laut und pochend in ihrem Kopf. Warum hatte sie Angst? Sie rieb sich die feuchten Hände und sah ungeduldig um sich. War es nicht immer er, der Angst hatte, kurz bevor er ein Flugzeug bestieg? War es nicht immer sie, die ihm Geschichten erzählt hatte, damit sie ihn beruhigen konnte?

Sie sagte ihm immer, dass er sich vorstellen sollte, dass sie neben ihm säße und seine Hand hielte. Sie würde ihn nicht auslassen, bis sie wieder sicher auf dem Boden wären. Und sie sagte ihm, er solle sich vorstellen, tief in ihre Augen zu blicken. Sie würde ihm versprechen, dass sie wieder heil landen würden. Sie erzählte ihm von wunderbaren Ländern, die es nur in ihrer Fantasie gab. Von Paris und einer gemeinsamen Ausfahrt auf der Vespa, bei der sie sich ganz fest an ihm halten müsste. Sie erzählte ihm von dem Baum, der für sie beide einen besonderen Platz in ihrer Erinnerung hatte, und wie sie ihn gemeinsam umarmt hatten. Sie versprach ihm, die ganze Zeit an ihn zu denken, während er in der Luft war, damit er sicher sein konnte, dass er nicht alleine war. Dass er niemals mehr allein sein müsste und sie immer an seiner Seite sein würde.

Diese Geschichten halfen ihm, seine Flüge zu überstehen. Das sagte er zumindest. Und sie glaubte es. Sie fühlte sich stark, wenn sie ihn unterstützen konnte. Wenn sie ihm etwas zurück geben konnte, von den vielen Dingen, die er ihr täglich schenkte. Seine Liebe. Seine Seele. Doch jetzt war sie es, die mit zitternden Knien am Flughafen saß und nicht wusste, wohin sie als nächstes blicken sollte, nur um den schwarzen Display auf ihrem Handy nicht ertragen zu müssen.

Sie stand auf blickte kurz in den dunklen November-Morgen hinaus und schlenderte mit zu schnellem Schritt zum Duty Free, um sich bei den Düften umzusehen. Sie musste grinsen, als eine Erinnerung sich aufdrängte, als sie mit ihm am Flughafen telefonierte. Sie sah ihn aus dem Display grinsen. Diese fast peinlichen Momente per Video-Anruf, als sie mit glühenden Wangen zurückstrahlte. Wie er sie aus dem Bildschirm anblickte, mit der überschwänglichen

Freude, sie nach einem kurzen Flug endlich wiedersehen zu können.

Sie setzte sich wieder hin und versuchte, diese Erinnerung aus ihrem Kopf zu verbannen. Endlich wurde ihr Abfluggate bekannt gegeben, und als sie sich ihm näherte, flammte eine weitere Flughafenerinnerung in ihr auf. In einer anderen Schlange zum Einsteigen in ein Flugzeug führte sie mit ihm eine intensive Konversation über ihre Zukunft. Pläne wurden geschmiedet, konkrete Wünsche geäußert. Gemeinsame Vorhaben mit der gemeinsamen Musik. Ob er diese Wünsche auch ohne sie machen würde? Vermutlich. Dabei wäre sie so gerne ein Teil davon gewesen. Sie hatte so viele Ideen, die sie nur mit ihm verwirklichen wollte. Sie vermisste ihn. Besonders am Flughafen. Obwohl sie noch nie mit ihm gemeinsam geflogen war. Sie vermisste ihn und seine Pläne, seine Wünsche. Sein Lächeln und seine Sorge, sobald ihr Empfang abriss.

Sie solle die Augen schließen, sobald sie an ihrem Platz war. Und sich vorstellen, dass er ihre Hand nahm. Sie soll sich vorstellen, dass sie gemeinsam an einen wunderschönen Ort reisen würden. Nur sie beide. Und vielleicht würden sie wieder nach Hause kommen. Vielleicht auch nicht. Als sie ihren Pass herzeigte und den Gang zum Flugzeug hinunterschritt, blickte sie ein letztes Mal aufs Handy. Nichts.

Sie hatte Angst, in das Flugzeug zu steigen. Erst jetzt verstand sie, wie er sich immer gefühlt haben musste. Erst jetzt konnte sie fühlen, was es bedeutete, dass er für sie in ein Flugzeug gestiegen war. Sie hatte Angst. Je näher sie dem Flugzeug kam, desto schneller schlug ihr Herz. Desto heißer wurden ihre Wangen und desto mehr vermisste sie ihn. Er dachte in diesem Moment vermutlich nicht an sie. Er hatte sie vielleicht schon ganz vergessen. Aber sie vermisste ihn.

Sie setzte sich auf ihren Platz im Flugzeug, schnallte sich mit dem Sicherheitsgurt fest und schaltete das Handy aus. Mit gefalteten Händen warf sie einen Blick aus dem Fenster. Dann schloss sie die Augen und stellte sich vor, dass er ihre Hand halten würde, dass er neben ihr sitzen und in ihre

Augen sehen würde. Sie hörte seine Stimme sagen: „Ich freue mich auf dich" und sie versuchte, regelmäßig und tief zu atmen. Ein und aus.

Und dann fragte sie sich, ob man eine Angst an einen anderen Menschen übertragen konnte. Denn vielleicht hat er seine Angst bei ihr gelassen. Vielleicht hatte er nun keine Angst mehr vorm Fliegen. Und wenn es so wäre, war sie froh, dass sie wenigstens noch irgendetwas von ihm hatte. Auch, wenn es Angst war, die sie erfüllte.

Die Erinnerung

Es ist wie ein Loch, das in eine feste Einheit gerissen wird. Die Brücke, die immer schon da stand, gibt es bald nicht mehr. Jetzt steht sie noch da, entschlossen und fest, als Verbindung zwischen zwei Flussufern. Doch bald wird sie nur mehr in unserer Erinnerung existieren. Woran erinnern wir uns? An die Rostflecken und der Lärm, wenn ein Auto darüber fährt? An das Knattern, wenn man zu Fuß über den Metallrost läuft und die abblätternde Farbe, die einen grauen Staub am Boden bildet?

Wahrscheinlich. Aber wenn sie weg ist, erinnern wir uns vielleicht eher an die schönen Dinge. An das, was sie uns einmal wert war. An das, was wir erlebt haben. Sie war eine feste Größe in unserem Leben und das wird niemand ändern. Auch nicht ein Bulldozer, der alles nieder reißt. Diese feste Größte in unserem Leben, dieses fixe Element, das irgendwie immer da war, auch wenn man sie lange nicht gesehen hat, oder für unwichtig erklärt hat. Sie war immer da, wurde als selbstverständlich hingenommen und wird erst vermisst, wenn sie nicht mehr da ist. Wie kommen wir in Zukunft von einem Ufer auf's andere? Wir nehmen eine andere Brücke. Weil wir das müssen. Denn Schwimmen ist irgendwie keine Option.

Wir erinnern uns vielleicht daran, wie wir in unserem ersten Auto über diese Brücke gefahren sind. Wie wir uns auf der anderen Seite des Flusses komplett verfahren haben und hilfesuchend nach der Brücke Ausschau gehalten haben.

Als Wegweiser, als Anker. Wie wir sie als Orientierung entlang des Flusses nutzten. Wir erinnern uns vielleicht daran, dass wir in ihrem Schatten eine Pause vor der Sommersonne gesucht haben, und daran, dass wir mit der lauten Geräuschkulisse des darüber bretternden Stadtverkehrs gleich daneben unsere Füße im Sand des Beachvolleyball-Platzes vergraben haben.

Wir erinnern uns an das Schöne. Denn das ist es, was unsere Erinnerung ausmacht. Sie merkt sich die wundervollen

Dinge, die alles rundherum unwichtig erscheinen ließ. Die einen Moment magisch machten, die die Welt rundherum zum Stehen gebracht haben. Dinge, die kein anderer kennt, weiß oder gar in der Lage ist, zu verstehen. Dinge, die ganz tief in unserer Erinnerung vergraben sind. In unserem Herzen. Nur wir können sie wieder an die Oberfläche bringen. Und nur wir können sie halten oder loslassen.

Herbeiholen oder wegschieben. Es sind die wunderbaren kleinen, ja winzig kleinen Facetten jeder einzelnen Erinnerung, die uns ein Lächeln auf die Lippen treiben. Egal ob zum Schluss ein Bulldozer gekommen ist. Und alles zum Einsturz brachte. Das Schöne bleibt. Denn es hält uns am Leben. Und es wird immer ein Teil von uns sein. Ein Teil unserer Erinnerung. Ein Teil unseres Herzens. Und keiner kann das ändern.

Ich denke nicht an dich

Ich denke morgens nicht an dich. Ich denke nicht an dich, wenn ich aus dem Bett steige und ich denke auch nicht an dich, wenn ich meinen Kleiderkasten öffne und das T-Shirt sehe, das dir immer so gefallen hat. Ich denke nicht an dich, wenn ich in mein Auto steige und mein Autositz knackst, was dich immer amüsiert hat. Ich denke nicht an dich, wenn ich mich abends auf meine Couch setze und ich denke nicht an dich, wenn ich in der Küche Lasagne koche. Ich denke nicht an dich, wenn ich im Supermarkt Schokolade kaufe und ich denke nicht an dich, wenn ich Kuchen backe. Ich denke nicht an dich, wenn ich auf dem Weihnachtsmarkt Elfenpunsch trinke und wenn ich mit dem Kinderzug eine Runde um den Eislaufplatz fahre. Ich denke nicht an dich, wenn sie im Radio dieses Lied spielen und ich denke nicht an dich, wenn ich dieses Lied singe. Ich denke nicht an dich, wenn ich diesen Raum betrete, und wenn ich blaue Unterwäsche sehe. Ich denke nicht an dich, wenn ich Konzerttickets kaufe und auch nicht, wenn ich in der Menge vom Scheinwerfer berührt werde. Ich denke nicht an dich, wenn ich Fotos ansehe und ich denke nicht an dich, wenn ich auf dem Flughafen auf das Boarding warte. Ich denke beim Abflug nicht an dich und auch nicht bei der Ankunft. Ich denke nicht an dich, wenn ich in die Arbeit gehe, und wenn ich mittags was vom Thailänder esse. Ich denke nicht an dich, wenn ich Wäsche wasche und ich denke nicht an dich, wenn ich Blumen kaufe. Ich denke nicht an dich, wenn ich Gitarre spiele und ich denke nicht an dich, wenn ich meine alte Gitarre ansehe. Ich denke nicht an dich, wenn ich Cola light trinke und ich denke nicht an dich, wenn ich den Strohhalm im Cocktail drehe. Ich denke nicht an dich, wenn ich diesen Baum sehe, und wenn ich frierend vor meinem Auto nach dem Schlüssel suche. Ich denke nicht an dich, wenn ich diese Treppen hinabsteige und ich denke nicht an dich, wenn jemand deinen Namen ausspricht. Ich denke nicht an dich, wenn ich blaue Augen sehe und ich denke nicht an dich, wenn ich hohe Schuhe trage. Ich denke nicht an dich, wenn ich meine Brille putze und ich denke nicht an dich, wenn ich einen Union Jack sehe. Ich denke nicht an dich, wenn ich einen Text schreibe und ich denke nicht an dich, wenn ich Sand zwischen meinen Zehen spüre. Ich denke nicht an dich, wenn ich Wasser plätschern höre und ich denke nicht an dich, wenn ich Volleyball oder Fußball spiele. Ich denke nicht an dich, wenn mich die Sonne wachkitzelt und ich denke nicht an dich, wenn der Wind durch meine Haare fegt. Ich denke nicht an dich, wenn ich eine Familie mit Kindern spazieren gehen sehe und ich denke nicht an dich, wenn ich einen Ring am Finger eines Mannes sehe. Ich denke nicht an dich, wenn ich eine Vespa oder ein Surfboard sehe. Und ich denke schon gar nicht an dich, wenn ich abends schlafen gehe. Ich denke nicht an dich.

Das Gefühl

Es ist, als würde die Zeit für einen Moment still stehen. Als würde sich die Erde nicht weiterdrehen. Doch keiner merkt es. Fast keiner.

Ich sehe ein minimales Flackern der Kerze, kaum sichtbar für andere. Ich spüre eine Wärme, die mich umarmt und gleich wieder gehen lässt. Es wird laut, wo es leise ist und plötzlich bin ich alleine in einer Menschenmenge. Dort wo es rauscht und klappert und brummt, bleibt für einen Wimpernschlag alles stumm. Und ich lächle.

Manchmal ist es ein Lachen, das sich in meinen Ohren be- merkbar macht. Manchmal bedrückendes Schweigen, das nicht durch die meterdicke Mauer durchdringt. Von einer Sekunde auf die nächste schnürt es mir die Kehle zu, ich bekomme keine Luft. Es wird kalt und ich verschränke die Arme ungewollt vor der Brust. Meine persönlichen Maurer bauen eifrig an einer Mauer, die ich nicht in Auftrag gegeben habe. Und innerlich flehe ich sie an, diese Mauer wieder einzureißen.

Und plötzlich ein beklemmendes Gefühl in mir, als müsste ich ein Fellknäuel aushusten, als sitze ein unidentifizierbarer Knoten in meinem Hals. Ich huste und versuche vergeblich Luft durch meine Nase zu pressen. Eine kurze Sensation, die so schnell verfliegt wie sie gekommen ist. Eine Erkältung auf die Minute.

Da ist dann auf einmal ein wunderbar schönes Gefühl, das Gefühl, dass ich nicht alleine bin. Das Gefühl, dass jemand meine Tränen auffängt und mein Fallen dämpft. Und wiederum das Gefühl, als würde mir mit bloßer Hand ein Loch in den Bauch gerissen. Eine hohle Hülle bleibt. Bis zu dem Moment, wenn sich meine Mundwinkel aus unerfindlichen Gründen nach oben kräuseln. Wenn ein Moment totaler Klarheit herrscht. Ein kurzer Moment, in dem ich vertrauen kann und weiß, woran ich bin.

Manchmal kann ich nicht einschlafen und unzählige Gedanken laufen in mir um die Wette. Bis sich eine weiche, warme und zärtliche Decke auf meine Hand legt. Ein Gefühl, als würde mir jemand über die Wange streichen, oder ganz sanft mit der Hand durchs Haar gleiten. Begleitet von einem Duft, der mir bekannt ist. Der Duft, der mir für immer in der Nase bleibt.

Diese Hand liegt gerade auf meiner. Wenn auch nur für einen Augenblick. Und ich habe in diesem winzigen Augenblick alles, was ich brauche. Das Gefühl, das mich hält. Das Gefühl von dir.

Auf der braunen Ledercouch

Kennst du das Gefühl, wenn du in diesem Moment, in dem du dich gerade befindest, einfach nichts falsch machen kannst? Wenn niemand und nichts diesen Moment zerstören kann? Du würdest es weder merken noch zulassen. In solchen Momenten bleibt die Welt stehen. Die Erde dreht sich nicht, es herrscht Stille, wo eigentlich Hektik ausbricht. In diesem Moment ist alles andere egal. Die Vergangenheit. Die Zukunft. Es zählt nur das Jetzt. In diesem Jetzt bist du genau dort, wo du sein möchtest. Genau dort, wo du sein sollst. Du bist vielleicht auf dem Gipfel eines Berges und siehst den Sonnenaufgang. Du bist möglicherweise an einem Strand und steckst die Zehen in den Sand. Du malst vielleicht ein Bild, oder läufst entlang eines Flusses, hörst dein Lieblingslied oder pflückst Blumen auf einer bunten Wiese.

In diesem Moment bin ich auf einer braunen Ledercouch. Sie steht schon eine Weile hier und hat schon bessere Zeiten gesehen. Ich sinke tief in die abgewetzten Polster, die braune Farbe ist an manchen Stellen verblasst. Ich rutsche ein bisschen auf der glattgesessenen Oberfläche und sitze gemütlich und doch etwas gekrümmt. Will ich aufstehen, schaffe ich es nur mit Mühe, mich aus dieser braunen Ledercouch hochzuziehen. Ich bin in diesem Moment, in dem nur das Jetzt zählt, auf der braunen Ledercouch. Die Luft ist geladen und heiß, die Atmosphäre ist irgendwie gespannt und losgelöst zugleich. Genau hier gehöre ich in diesem Moment hin. Ich spüre meine Muskeln zucken und hoffe, dass er nicht merkt, dass meine Hände zittern. Meine Mundwinkel sind nach oben gezogen, meine Wan- gen glühen und meine Ohren sind bestimmt dunkelrot.

Ich weiß, dass andere Menschen im Raum sind, aber ich bemerke sie nicht. Sie sind wie bewegliche Requisiten in einer Theaterkulisse, die wie Schatten in meinen Augen- win- keln tanzen. Sie scheinen sich nicht zu interessieren, dass ich da bin, und ich interessiere mich nicht dafür, dass sie da sind. Mein Blick ist unruhig, denn so viel Schönheit gibt es zu betrachten, und meine Augen können sich nicht entscheiden, wohin sie blicken sollen. Leicht überfordert von dem, was sich vor mir befindet, lasse ich meinen Blick öfter als gewollt auf einem weißen T-Shirt landen. Ich sehe meine Hand darauf ruhen und eine Hand, die nach meiner sucht. Ein unvergleichlicher Duft in meiner Nase lässt mich tief einatmen, so lange, bis sich der Duft in meiner Erinnerung festhält. Ich atme schnell aus, um gleich wieder tief einat- men zu können. Noch immer zucken meine Muskeln, ich blicke auf meine Oberschenkel und versuche auszumachen, ob man dieses Zucken sehen kann. Aber es ist mir eigentlich egal. Ich höre ihn das Wort „zittern" sagen und lege meine Hand auf seinen Oberschenkel. Auch seine Muskeln zucken. Ich muss lächeln.

Nun wandert mein Blick nach oben und ich rutsche weiter in die braune Ledercouch. Meinen Kopf lege ich an die Schulter unter dem weißen T-Shirt und ich atme tief ein. Eine Hand auf meinen Haaren. Und ich spüre wie gerötete Wangen meinen näher kommen. Die Luft spannt sich und wie von einem Magneten angezogen hebe ich meinen Kopf von der Schulter. Meine Augen suchen seine und ich blicke in einen Ozean. So unendlich, so blau, so magisch. Seine Augen kommen näher und ich halte die Luft an, verliere mich in dem Moment, bis ich wieder zu atmen beginne und seine Lippen nur einen Hauch vor meinen verharren. Ich spüre seinen Atem auf mir, seine Nähe zerreißt mich beinahe, doch ich wage es nicht, mich zu bewegen. Er beugt sein Gesicht nach vorne und lehnt seine Stirn an meine, seine Lippen entfernen sich von meinen. Ich schließe die Augen und lächle.

Ich lege meine Hand in seinen Nacken. Kalte Finger auf heißer Haut. Ich versuche mir jede Berührung einzuprägen, jedes Gefühl. Mit geschlossenen Augen löst er sich von mir, nur ein paar Zentimeter. Und dann sehe ich wieder den Ozean, der mich in eine andere Welt entführt, der mich weich und warm umarmt und mich immer weiter in sich aufnimmt. Der Ozean kommt näher, und die Farbe wird kaum merkbar dunkler. Wie ein kleines Blitzen in der Ferne.

Ich schließe die Augen und spüre seine Lippen ganz nah an

meinen. Ich atme langsam aus. Und ein. Und aus. Und ein. Und wieder entziehen sie sich meiner Sehnsucht. Bittersüß ist das Gefühl, das mich aus meiner Magengrube zu überschwemmen scheint. Eine unendliche Sehnsucht nach dem, was direkt vor mir ist. Eine Gewissheit, die sich in mir verbreitet, mit einer Kraft, die nicht aufzuhalten ist.

Meine Ohren lauschen seinem Atem, meine Hand spürt seinen Herzschlag unter dem weißen T-Shirt. Sein Herz schlägt schnell und regelmäßig. Stark und sicher. Ein Blick in den Ozean und ich weiß, dass hier nichts schief gehen kann. In diesem Moment, kann nichts passieren, das falsch ist. In seinen Augen spiegeln sich meine und für einen kurzen Augenblick glaube ich zu erkennen, dass er das Gleiche denkt, wie ich. Seine Finger streichen über meine Wange und ich neige mein Gesicht, um die Berührung in mich aufzunehmen. Der Ozean kommt näher und überschwemmt mich mit sanften Wellen, ganz langsam kommt er näher. Seine Haut liegt auf meiner und seine Lippen legen sich sanft wie ein Lufthauch auf meine. Kaum berührt, und doch ein Gefühl, das nicht von dieser Welt sein kann. Er entzieht sich mir wieder, doch diesmal kommt er zurück. Warme, weiche Lippen legen sich auf meine. Magie.

Magie. Auf der braunen Ledercouch.

Lass mich nicht an sein Gesicht denken

Lass mich nicht an sein Gesicht denken. Lass mich bitte nicht an sein Gesicht denken.

Lass mich nicht an seine Ohren denken, die wie eine Muschel geformt alles aufnahmen, was ich sagte. Die jede Melodie in sich willkommen hießen, als wäre sie nur für sie komponiert worden, die jedes süße Geräusch aufsaugten und ihm durch den Hauch ein paar geflüsterter Worte Gänsehaut über seinen Rücken jagten.

Lass mich nicht an seine Wangen und sein kantiges Kinn denken. An diese Wölbung in der Mitte seines Gesichtes, die ich mit sanften Küssen bedeckte und es auf meinen Lippen kitzelte, wenn sich die Barthaare bis nach oben wagten. An die kantigen und doch weichen Züge, die ich unaufhörlich mit meinen Fingern umrahmte, um die Vollkommenheit dieser Schönheit für immer in mir tragen zu können.

Lass mich nicht an seine Nase denken, die mich anstupste und an mir schnupperte, die sich über meinen Körper bewegte und meinen Geruch in sich aufsog.

Bitte lass mich nicht an seinen Mund denken. Lass mich nicht an diese Lippen denken, die für mich die süßesten Worte formten, durch die die schönsten Melodien entwichen, die sich wie eine sanfte Decke aus Seide auf meine legten. Diese Lippen, die sich mit absoluter Sicherheit auf mir bewegten, die perfekt auf meine passen und die nicht müde wurden, mir genau das zu sagen.

Lass mich bitte nicht an seine Augen denken. Seine Augen, die mir das Tor zu seiner Seele öffneten, lange bevor ich es erkannte. Lange bevor ich ihn erkannte. Bevor ich erkannte, wer er wirklich ist, und dass wir uns schon ewig verbunden fühlten. Die mir eine Welt zeigten, die ich zuvor nicht kannte. Die mir versicherten, dass alles gut wird.

Lass mich nicht an seine Hände denken. An seine Finger,

die mich berührten, wie ein Künstler sein Instrument mit zarter Anmut und Sorgfalt. Die mir wie Wegweiser in eine Richtung deuteten, sodass mir keine andere Wahl blieb, als diesen Wegweisern in meine Zukunft zu folgen.

Lass mich bitte nicht an sein Gesicht denken. An das Gesicht, dass ich nie vergessen werde. Lass mich nicht daran denken, wie verletzt es aussehen kann, lass mich nicht daran denken, wie viel Angst es mit einem Blick ausdrücken kann. Lass mich nicht daran denken, wie er mit der Falte zwischen seinen Augenbrauen seine Kämpfe ausstehen musste. Lass mich nicht daran denken, wie er mich das letzte Mal angesehen hat.

Lass mich nicht daran denken, dass es das Gesicht mit dem glücklichsten Lächeln ist, dass es die Wahrheit aus jeder Pore ausschüttet. Lass mich nicht an dieses Gesicht denken, das ich mit jedem seiner Winkel kenne. Liebe.

Lass mich nicht an sein Gesicht denken.

Schweigende Explosion

Meine Stimme war immer zu leise. Sie wurde immer überhört. Sie konnte sich bei anderen kein Gehör schaffen, sie war zu leise. Wenn sie ihren Standpunkt vertreten wollte, wurde sie überfahren. Wenn sie etwas Schönes sagen wollte, wurde es nicht ernst genommen. Wenn sie etwas Ernstes sagen wollte, so wurde sie belächelt. Darum sagte sie nichts mehr. Bis sie eines Tages gehört wurde, obwohl sie nicht sprach. Du hast sie gehört. Du hast sie zum Singen gebracht. Du hast ihr das Gefühl gegeben, gehört zu werden, verstanden zu werden. Du hast ihr gezeigt, dass andere sie hören wollen, und vor allem, dass du sie hören willst. Du hast meiner Stimme einen Ton gegeben. Eine Melodie, die plötzlich von anderen gehört werden wollte. Sie wurde lauter. Meine Stimme konnte nun singen und tanzen gleichzeitig, sie konnte schöne Dinge sagen und erste Themen ansprechen, sie wurde gehört, sie wurde geschätzt.

Doch eines Tages schwieg sie wieder. Sie hatte ihren Ton verloren. Ihre Melodie. Meine Stimme wurde stumm. Sie versuchte sich Gehör zu verschaffen, wie zuvor. Sie schrie und weinte, doch keiner hörte sie. Sie tobte, doch ohne Erfolg.

Meine Stimme ist in mir explodiert. Schweigend. Nach außen konnte keiner dieses Schauspiel sehen, keiner konnte schweigende Explosion hören. Wie eine schweigende Buße. Sie war ohrenbetäubend laut, aber nur für mich. Diese innere Revolution meiner Stimme baute sich zu einem unüberwindbaren Wall auf. Sie wurde zu einem immerwährenden Schrei, den niemand bemerkte. Keiner hörte ihn.

Meine Stimme war nicht mehr nur zu leise. Sie war stumm. Eine schweigende Explosion in mir. Tag für Tag.

DIE EINSAME BUCHT

Sie sitzt in einer einsamen Bucht. Vor ihr das türkis-blaue Meer, links und rechts von ihr dunkelgraue Steine, die das Meer schon ganz rund geformt hatte. Die Sonne steht genau über ihr, es dürfte Mittag sein, und die Hitze brennt auf ihren Schultern. Weit und breit kein Mensch zu sehen, kein Ton hörbar. Nur das Plätschern der kleinen Wellen, die das kühle Wasser zu ihren Zehen tragen.

Eine einsame Bucht. Genau danach hatte sie gesucht. Doch, dass sie hier ganz alleine sitzt und dem Ozean lauscht, das war nicht ganz Teil ihres Plans. Ihr Blick geht leer auf das Blau des Meeres und fliegt ziellos über die sanften Wellen. Traurigkeit macht sich in ihren Augen breit. Sie wollte hier nicht alleine sitzen. Sie wollte hier mit ihm sitzen. Sie wollte hier mit ihm die Welt rund um sich vergessen, die Zeit still stehen lassen. Sie wollte jeden Moment in diesem Mikrokosmos aufsaugen, ihn sich zu eigen machen und ihn nie wieder verlassen. Sie wollte die Geborgenheit, die Sicherheit, die sie mit ihm gespürt hatte, nie mehr aufgeben. Sie wollte eins mit ihm sein für die Ewigkeit.

Sie wollte ihm in dieser Bucht zusehen, wie er vorsichtig und mutig zugleich über die Steine balancierte. Wie er sich zu ihr umdrehte und ihr über seine Schulter ein Lächeln schenkte. Sie wollte ihre Hand in seine legen und mit ihm gemeinsam im türkis-blauen Meer baden. Sie wollte herausfinden, ob das Blau des Meeres, das Blau seiner Augen veränderte, und ob er sie in der Welle festhalten konnte.

Sie wollte die gleiche Luft atmen, wie er, dieselben Sonnenstrahlen auf ihrer Haut spüren, wie er, sich vom selben Wasser umspülen lassen, wie er. Sie wollte sich einfach vervollständigt fühlen.

Sie sitzt noch immer alleine in der Bucht. Winzige Tränen laufen langsam über ihre Wangen und sammeln sich an ihrem Kinn. Gleich werden sich ihre Tränen mit dem Ozean vermischen. Gleich wird sie das Meer um einen salzigen Tropfen reicher machen.

Ihr Blick hebt sich. Ein Segelboot schippert an ihr vorbei, jedoch weit genug entfernt, sodass sie ihre Tränen nicht verbergen muss. Er würde vielleicht ein solches Boot mieten, um ihr zu zeigen, was er zu bieten hat. Aber sie würde es nie benötigen. All der Luxus der Welt könnte nicht aufwiegen, wie reich sie sich fühlt mit der Gewissheit, von ihm geliebt zu werden. Dass sein Herz ihr gehört. Doch er hat sich für ein anderes Leben entschieden. Nicht für das Leben in der einsamen Bucht mit ein paar Felsen und dem Meer. Er hat sich für den großen Hafen entschieden. Für die Sicherheit unter dem Sonnenschirm, wo er vor der Kraft der Sonnenstrahlen geschützt wird. Vielleicht auch für das Boot, das jedem zeigt, wie gut es ihm geht. Sicher unter dem Segel und mit einem gekühlten Getränk in der Hand.

Ihre Liebe war nicht genug. Es war etwas anderes, das er gesucht hatte. Auch bei ihr. Aber er hat es im Hafen wieder gefunden und seinen Anker dort eingeworfen. Und nun zieht sie von einer einsamen Bucht zur nächsten und sucht im Ozean nach einer Milderung ihres Schmerzes. Sie spült die Tränen der Liebe ins Meer. Und vielleicht kitzelt eine ihrer Tränen getarnt im ewigen Ozean einmal seine Zehen. Und er denkt vielleicht für einen Moment an die einsame Bucht mit ihr.

Die Geige ohne Saiten

An der weißen Wand hing immer schon eine alte Geige. Sie war schön in rotbraunem Holz. Sie war schon etwas abgenutzt und glänzte nicht mehr. Der Bogen war ausgefranst und war quer über den Körper des Instruments drapiert. Bei genauerer Betrachtung fiel jedoch auf, dass die Geige ohne Saiten an der Wand hing. Tagein, tagaus hing diese Geige an dieser weißen Mauer, ohne je wirklich gesehen zu werden.

Eines Tages fragte das Mädchen, das mit seinen Eltern in der Wohnung mit der weißen Wand lebte, ihre Mutter, warum die Geige nur an der Wand hinge. Schließlich sei ein Instrument doch zum Spielen und Musizieren da. Der Blick der Mutter wanderte zu der Geige. Sie legte den Kopf schief und sagte nach einem tiefen Seufzer: „Diese Geige gehörte deinem Großvater. Aber jetzt hat sie keine Saiten mehr. Sie ist nutzlos."

Das Mädchen stand danach oft vor dieser Geige, wenn ihre Eltern gerade nicht hinsahen. Sie fragte sich, ob ein Instrument ohne Saiten tatsächlich nutzlos war. Oder vielleicht hätte man es reparieren und neue Saiten aufziehen können.

Mit den Jahren geriet die Geige immer mehr in Vergessenheit. Die Mutter starb jung, der Vater heiratete neu. Das Mädchen ging ihren eigenen Weg. Kurz nachdem das inzwischen erwachsene Mädchen neue Saiten auf ihre Gitarre spannte, hatte sie einen Traum. Sie träumte von ihrer Mutter in der alten Wohnung mit der weißen Wand. Sie träumte, dass ihre Mutter zielstrebig auf die Geige zuging, und sie behutsam von der Wand nahm, die Geige in der linken, den ausgefransten Bogen in der rechten Hand. Sie setzte sich mit ihrer Tochter, die sie als Erwachsene noch nicht kannte, auf das blaue Sofa und nahm ihre Hand.

„Du warst zu jung, um dir zu erklären, was ich damals über die Geige gesagt habe. Kein Instrument ist je nutzlos, mein Schatz." Sie lächelte und berührte mit dem Zeigefinger den

Bereich der Geige, an dem die Saiten ihren Platz hätten. „Diese Geige kann nicht singen, wenn ihr keiner ihre Stimme gibt. Jemand muss ihr Saiten geben, um sie zum Klingen zu bringen. Nur dann kann sie ihre Aufgabe erfüllen."
Die Tochter blickt verwirrt von der Geige auf, in die Augen ihrer Mutter. „Verstehst du, was es für ein Instrument bedeutet, nicht klingen zu können?" Ihr Blick wird traurig. „Es ist so ähnlich ... stell dir vor, wenn deine Hände nicht den Menschen berühren können, den sie berühren wollen. Wenn deine Augen nicht in die Augen blicken können, die in deine Seele schauen können. Es ist wie deine Stimme, die nicht sagen kann, was du fühlst. Es ist wie dein Herz, das nicht lieben kann, oder dessen Liebe nicht erwidert wird."

Die Mutter hält inne und wischt sich eine Träne aus dem Augenwinkel. Immer noch blickt die Tochter etwas durcheinander zwischen der alten Geige und ihrer Mutter hin und her. Die Mutter lächelt und senkt die Stimme: „Diese Geige ist eine Warnung!" Sie drückt die Hand ihrer Tochter fest und spricht weiter. „Lass dich niemals an eine weiße Wand zur Dekoration hängen, ohne deiner Bestimmung folgen zu können! Lass niemals zu, dass deine Hände untätig sind, deine Augen leer, deine Stimme unhörbar! Lass niemals dein Herz versteinern, denn du trägst so viel Liebe in dir. Lass dich niemals nutzlos werden. Lebe genau so, wie du es für richtig hältst, liebe die Menschen, die dein Herz erreichen, und sage es ihnen, zeige es ihnen mit all deiner Kraft. Lass sie spüren, dass du an sie denkst, bei ihnen bist und für sie da bist, auch wenn sie weit weg erscheinen. Mein Kind, bitte lass nie eine Geige ohne Saiten aus dir werden!" Ihr Ton ist eindringlicher, ihr Blick flehend.

Zaghaft räuspert sich die Tochter und fragt: „Warst du denn eine Geige ohne Saiten?" Die Mutter lächelt wehmütig und nickt langsam. „Ich habe meinen Klang nie gefunden. Aber du schon! Du bist so viel stärker, als ich es je war. Dein Herz ist voll von Liebe – dann verschenke sie auch. Dein Herz lügt nicht, dessen kannst du dir sicher sein."

Als die Tochter aus ihrem Traum erwachte, rief sie ihren Vater an und fragte, wo die Geige ohne Saiten hingekommen sei. „Die alte Violine? Wir haben sie vor Jahren entsorgt, hatte ja keine Saiten mehr ... das nutzlose Ding..."

Das Gefühl in der Melodie

Genau ein Jahr zuvor hatte sie auf einem Felsen im englischen Cornwall gesessen und mit direktem Blick auf die kleine Meereshöhle mit dem bezeichnenden Namen „Song of the Sea" ein Lied geschrieben. Sie hatte weder Papier noch Stift, sie hat sich die Worte einfach als Notiz in ihrem Handy abgespeichert. Dabei dachte sie die ganze Zeit an einen Menschen, der ihr Leben verändert hat. Er war ihr Fels in der Brandung, ihr Seelenpartner, ihr Ritter und der einzige Mensch, der auch das verstand, was sie nicht aussprach. Und wie eine Meerjungfrau saß sie auf diesem runden Felsen und sang ihre Melodie.

Sie sang über Verwirrung und absolute Klarheit, sie sang über Verwunderung und Begeisterung, über Überraschungen und Vertrautes. Darüber, dass er ihr zeigte, wie einfach Liebe sein konnte, und dass es ganz klar und eindeutig richtig war. Wie er sie festhielt, wie er sie küsste, wie er ihr eine gute Nacht wünschte und sie sich herbeisehnte, wieder aufwachen zu können. Wie er sie anlächelte, wie er sie berührte, all das fühlte sich richtig an

Sie sang darüber, dass er aus ihr einen besseren Menschen machte und darüber, dass er an sie glaubte. Der Gedanke an ihn ließ ihre Kreativität aufblühen, sie sang und schrieb und als die ersten Touristen in der Bucht auftauchten, hatte sie ihre Mission erfüllt. Beim „Song of the Sea" ein Lied schreiben, das zumindest annähernd beschrieb, was sie für ihn empfand, obwohl weder die schönsten Worte noch die zauberhaftesten Melodien gut genug dafür waren. Sie hatte dieses Gefühl für die Ewigkeit festgehalten. Nur für ihn und für sie. Er sagte, noch nie habe jemand ein Lied für ihn geschrieben. Das schönste Geschenk der Welt.

Und vielleicht denkt er gelegentlich an die Melodie, die sie für ihn kreiert hat. Sie tut es oft. Aber sie weiß nicht, ob er nicht mittlerweile schönere Geschenke erhalten hat ...

Ein Teil von dir war mein

Ein Teil von dir war einmal mein. Du hast mir gehört. Wenn auch nicht ganz. Ein Teil von dir lebte in mir, breitete sich aus und nahm all den Platz, den ich zuvor niemandem geben wollte. Ein Teil von dir, blieb bei mir und zeigte mir jeden Tag, dass es eine Zukunft gibt. Und ein Teil von dir entschied sich jeden Tag aufs Neue für mich. Mich zu sehen, mich zu riechen, zu schmecken, mich zu berühren. Ein Teil von dir wollte mich. Wollte mich ganz und gar, wollte mich nicht mehr loslassen und hielt mich fest. Ein Teil von dir vergaß die Welt um sich, wenn du bei mir warst. Ein Teil von dir war zuversichtlich und malte eine Welt, die nur wir beide verstehen konnten. In dieser Welt gab es nur uns beide und die Dinge, die uns wichtig waren. Ein Teil von dir konnte ohne diese Welt nicht leben, ein Teil von dir konnte ohne mich nicht atmen.

Ein Teil von dir war ruhig, sobald ich da war. Meine Nähe war Balsam für deine unruhige Seele. Ein Teil von dir konnte nur schlafen, wenn ich bei dir war. Ein Teil von dir war schlaflos und nervös. Ein Teil von dir konnte nicht es- sen, wenn ich da war. Ein Teil von dir bereitete dir Schmer- zen, wenn ich in deiner Nähe war.

Ein Teil von dir bereitete dir schlaflose Nächte ... weil ich nicht, oder weil ich eben da war. Ein Teil von dir ließ dich wahnsinnig werden, auf und ab laufen und mit dem Kopf gegen die Wand laufen. Ein Teil von dir ließ die Mauern fallen und baute sie gleich wieder auf.

Ein Teil von dir ließ sich in dieser Welt fallen und wollte nie wieder hinaus, und ein Teil von dir blieb am Eingang stehen und beobachtete alles aus sicherer Distanz. Ein Teil von dir wünschte sich nichts sehnlicher, als bei mir sein zu können, ein Teil von dir wünschte, mir nie begegnet zu sein.

Ein Teil von dir hat einmal mir gehört. Dieser Teil ist immer noch in mir. Dieser Teil von dir wird für immer ein Teil von mir sein, und in unserer Welt weiterleben. Doch die vielen anderen Teile von dir hast du mir vorenthalten, entzogen, vielleicht sogar verleugnet. Dieser Teil von dir, den ich kannte, war nur ein kleiner Teil von dir und ich nahm an, dass du dieser Teil bist, voll und ganz. Doch deine vielen anderen Teile waren weder Teil meiner Welt noch von mir. Diese anderen Teile waren mir fern, fremd und distanziert. Doch dieser eine Teil reichte völlig dafür aus, dass ich all deine Teile erleben, erfahren und auskosten wollte. Dieser eine Teil gehörte mir, und ganz egal was deine anderen Teile mit dir machen, mit diesem einen Teil könnten wir die Welt erobern.

Diesen einen Teil hast du zurück gelassen. Du willst ihn nicht mehr. Du hast ihn in meiner Welt geparkt. Er bleibt, ohne dich. Dieser eine Teil von dir hat mir gehört und wird immer mir gehören. Ein Teil von mir. Für immer. Vielleicht der beste Teil von mir.

Wer bist du nur?

Sie blickt in ein Gesicht, das ihr gleichzeitig fremd und vertraut scheint. Eine Frau mit Haut, die von der Sonne geküsst erstrahlt. Kleine, helle Sommersprossen haben sich auf der Nasenspitze versammelt und die Wangen sind leicht gerötet. Die Haare rund um dieses rosige Gesicht sind zerzaust, die Spitzen ausgebleicht vom Salzwasser und der Sonne. Schlampige Locken stehen in alle Richtungen, als ob sie der Gesellschaft der anderen entfliehen wollten.

Eine Hand berührt die Wange und eine Falte entsteht zwischen den Augen dieses Gesichts. Braune Augen, die von dunklen Wimpern umrahmt sind. Sie beobachtet, wie sich diese Falte mit der Mimik des gesamten Gesichtes bewegt, und wie sich die Stirn runzelt, während sie dieses Gesicht so genau mustert. Vielleicht möchte dieses Gesicht nicht so genau gemustert werden. Sie blickt auf blasse Lippen, die leicht geöffnet sind und weder nach unten noch nach oben zeigen. Sie wirken erschöpft.

Die Finger der Hand wandern zu diesen Lippen und automatisch scheinen sie sich zu spannen, als wäre dies die Berührung eines Feindes. Als wäre dies ein Schutzmechanismus gegen etwas Fremdes. Die Falte zwischen den braunen Augen ist noch immer da. Die dunklen Augenbrauen ziehen sich zusammen, so als würde die Frau nachdenken, wie sie etwas formulieren soll, was ihr nicht leicht fällt. Oder als würde sie gleich eine Frage stellen.

Als die Hand die Falte zwischen den Augen berührt ent- spannt sich das Gesicht langsam, so, als würde das Gesicht beweisen wollen, dass dieser strenge Blick nicht immer wie ein Schleier über ihm liegt. Doch so sehr sie sich bemühen mag, die Falte verschwindet nicht ganz. Sie blickt genauer hin und weiß aus irgendeinem Grund, dass diese Falte noch nicht lange da ist. Dass diese Falte etwas Neues ist und schwermütige Gedanken hinter dieser rosi- gen Fassade erahnen lässt. Die Hand berührt die Stirn, auf der sich winzig kleine Unebenheiten zeigen, aber nur, wenn man ganz genau hinsieht. Die Finger bewegen sich von der Stirn hinab, seitwärts über die Schläfen, wo ein feiner blonder Flaum die gebräunte Haut bedeckt. Der Mund der Frau öffnet sich und die Falte zwischen den Augen wird tiefer. Die Augenbrauen scheinen sich beinahe zu kräuseln. Tränen steigen in ihren braunen Augen auf, die nur von ihrem Wimpernkranz gebremst werden. Der Mund lässt einen langen Atemzug frei und formt sich dabei zu einer angedeuteten Kussform. Die mit Tränen gefüllten Augen schließen sich langsam und dicke Tropfen rollen über die geröteten Wangen. Ein Finger schnellt nach oben und versucht die Tränen zu halten, doch es sind zu viele, als dass sie von nur zwei Händen gestoppt werden könnten. Kein Ton entweicht den stillen Tränen, nur der schnelle Atem ist hörbar und die Schultern der Frau bewegen sich rasch von oben nach unten.

Eine klitzekleine Träne rollt durch die nassen Wimpern und die Augenlider bewegen sich mühsam nach oben. Schwer scheint diese langsame Bewegung zu sein. Sie blickt in die leicht geröteten Augen, die zuvor strahlend weiß das braun der Iris umgaben. Die dunklen Wimpern kleben aneinander, wie kleine Soldaten, die sich für den Kampf zusammenrotten. Die braunen Augen wirken stumpf und leer. Die Wangen eingefallen.

Dort wo zuvor ein strahlendes Gesicht war, ist nun eine Hülle, eine Maske, deren Augen ins Nichts sehen. Sie streckt ihre Hände nach der Frau aus, um sie zu trösten, um sie zu fragen, woher ihr Kummer rührt, um sie zu umarmen und aufzurichten. Rasch lässt sie ihre Hände nach vorne schnellen und wird jäh gebremst von einer kalten, harten Front. Sie reibt sich die Knöchel ihrer Finger und blickt erneut auf. In den Spiegel. Die Falte tief zwischen den Augen, die Wangen feucht von den Tränen, die Haare zerzaust.

Sie blickt in ihre eigenen Augen, die leer zurück starren und keine Antwort für sie haben. Sie flüstert: „Wer bist du nur?"

Mit Blumen im Haar

Auf der Suche nach der eigenen Stimme, nach dem tiefsten Selbst, nach dem wahren ich ... da begegnet man so einigen Persönlichkeiten. Da ist die Langschläferin, die morgens nicht aus dem Bett kommt und gleich neben ihr hüpft die ungeduldige Sonnenanbeterin auf und ab, und fragt aufgedreht, warum die Langschläferin jeden Sonnenstrahl verschenkt, den der Morgen schon zu bieten hatte. Da ist die knallharte Businessfrau, die sich mit strengem Look und hohen Absätzen in Meetings mit Kollegen nichts vormachen lässt, die Deadlines verhandelt, wie sie es will. Und gleichzeitig sitzt in ihr die warmherzige Kollegin, die noch einen Tag Zeit rausverhandelt und im Falle des Falles noch fragt, ob sie das Mittagessen holen gehen soll. Da treffen Ms. Solidarität und Ms. One-Way-Friendship aufeinander, die tagtäglich diskutieren, dass Freundschaft eines der wichtigsten Werte im Leben ist und, dass man eine Freundschaft nicht einfach so gehen lassen soll. Dass man aus Liebe zum Nächsten auch verzeihen können muss, jedoch dass manche Dinge nicht so leicht zu verzeihen sind. Und gleich nebenan führen die Nachtragende und die Laissez-Faire ein harmonisches Streitgespräch, denn eigentlich will sie ja gar nicht nachtragend sein und so ganz laissez-faire ist auch nicht immer gut. Da steht die Sportlerin mit Bergschuhen und Rucksack nach einer schweißtreibenden Tour am Fuße des Berges, ihre Waden mit Schlamm beschmiert und ihre Füße schmerzend, während ihr die Lady im schicken Sommerkleid zuwinkt und mit Riemchensandalen Richtung Beach-Bar stöckelt. Und dort sitzt die Schüchterne mit einer Cola light, die sich nicht vor einer Menschenmenge reden traut, im Publikum der Sängerin, die mit einem pinken Cocktail auf der Bühne steht und sich die Seele aus dem Leib singt. Und dort drüben auf dem Campingplatz schläft der Festival-Fan im Zelt und holt sich eine Blasenentzündung, während die Musical-Besucherin die Beine übereinander schlägt und beim Ensemble Tränen in den Augen hat. Und eine von ihnen hat auf dem Balkon einen kompletten Gemüsegarten gepflanzt und freut sich über ihre Ernte, während die andere die Kakteen im Vorzimmer nie am Leben halten kann. Und am Wochenende fährt die eine zu ihrer Großmutter und kann gar nicht genug Zeit mit ihr verbringen, während die andere am liebsten ihre sieben Sachen packen, alles Unnötige verkaufen, und die Welt erobern möchte.

Und was ist nur mit dieser Person, die im Museum steht und ein hochdotiertes Kunstwerk nicht versteht, denn es gefällt ihr gar nicht, und die andere beim Anblick des Ozeans die Kunst des Lebens erkennt? Und plötzlich trifft man noch auf die Tierliebhaberin, die jeden Hund und jede Katze umarmen möchte, aber bei Spinnen keinen Ton mehr heraus bekommt, und die, die nichts lieber tut, als im Meer schwimmen, aber keinen einzigen Meeresbewohner essen kann. Nicht zu vergessen die coolste Tante, wie sie die Kleinen in ihrer Umgebung nennen, die ihre eigenen Kinderlieder schreibt und nicht gar nicht genug von den Kleinen bekommt und gleichzeitig noch gar nicht weiß, ob sie jemals selbst Mutter sein wird. Die Person, die sich am liebsten in eine Berghütte mit offenen Kamin einsperren würde, um ihr Buch zu schreiben, und diejenige, die im Tourbus sitzen möchte und auf den Bühnen der Welt ihren Fans zujubeln will. Der Moralapostel, der ihrer Freundin bei einer Affäre die kalte Schulter zeigt, und sich kurz darauf selbst in einen verheirateten Mann verliebt. Die Gegnerin von One-Night-Stands, die im Urlaub einen Fremden küsst. Der Hippie, der eigentlich nur in einem VW-Bus an den Strand fahren und die Zehen im Sand vergraben möchte, und der Stadtmensch, der sich zwischen Wolkenkratzern ein Zuhause vorstellen kann.

Muss ich mich entscheiden? Muss ich aus all diesen „Ichs" eines aussuchen? Nein. Und wenn ich mit dem VW-Bus durch Manhattan fahre, um in Coney Island am Strand barfuß spazieren zu gehen, einen Blumenkranz im Haar, anstatt Glitzer um den Hals, mit ein bisschen Geld auf dem Bankkonto, um noch etwas anderes zu sehen. Zwischendurch in ein hübsches Kleid zu schlüpfen, und die strenge Brille aufzusetzen und am Ende des Tages barfuß mit den High-Heels in der Hand aus dem Büro zu spazieren und in einem schicken Hotel einzuchecken. Einmal um die Erde zu reisen und anschließend meine Großmutter in den Arm zu nehmen, um ihr Sand aus Costa Rica auf den Tisch rieseln zu lassen und stolz den blauen Fleck vom Surfen zu präsentieren. Und heute auf einer Hochzeit klassisch zu singen, um morgen auf der Kellerbühne zu rocken. Im Herzen bin ich ich. Und immer noch lieber barfuß mit Blumen im Haar, als in einem goldenen Käfig.

Die Geschichten anderer Menschen

Es ist ein merkwürdiges Gefühl. Wenn man als Journalist und Autor immer die anderen Menschen zu Wort kommen lässt. Fragen über andere Leben stellt, eintaucht in die Vergangenheit, die Gegenwart und die Zukunft anderer. Das Ego spielt keine Rolle, ziemlich altruistisch eigentlich. Man versucht sich in die Gedanken eines anderen einzunisten, zu verstehen, warum er so handelt und warum er die Dinge so nennt, wie er es tut. Es ist das Experiment, die Gedanken außerhalb des eigenen Kopfes zu fassen, sich ein Bild zu machen von dem, was war, was ist und was sein wird.

Von jemandem anderen. Man wird zu dem anderen. Denn nur so kann man den Versuch, ihn zu verstehen, gelten lassen. Und man verliert sich dabei ein kleines bisschen selbst. Wenn man seine Tage, seine Stunden und Minuten, ja auch die Sekunden zwischen den Geschichten anderer Men- schen verbringt, wo bleibt man dann selbst? Man schreibt über andere, man denkt nach über andere und man ver- setzt sich in deren Situation. Man sieht nur die Welt der anderen und die eigene Welt wird ganz klein. Sie dreht sich immer nur um die anderen und der eigene Radius wird im- mer größer und größer, um die anderen herum. Man selbst wird immer kleiner. Ein merkwürdiges Gefühl. Vor allem dann, wenn es plötzlich keine Geschichten über die ande- ren zu schreiben gibt. Wenn man sich nicht mehr in jeman- den anderen hinein versetzen muss. Wenn man sich mit sich auseinandersetzen muss. Dann wird klar, dass man die eigene Welt verpasst. Die eigene Umlaufbahn verlassen hat, und wie ein Mond für andere scheint. Sich wieder in die eigene Galaxie einzuspeisen, ist gar nicht so einfach. Denn man hält sich permanent den Spiegel vor.

Und nun heißt es, die eigene Geschichte zu schreiben. Sich selbst zu spüren, seine eigenen Gedanken zu hö- ren und auch zu verstehen, die innere Stimme zu Wort kommen lassen und sie nicht zu unterbrechen, weil man vielleicht denkt, dass sie nicht recht hat. Man sollte sie sogar laut werden lassen, so laut, dass man sich die Ohren zuhalten muss, und dass man denkt, alle anderen hören sie mindes- tens genauso gut, wie man selbst. Man muss die eigene Welt betreten und zuerst vor seiner eigenen Türe kehren. Ganz auf sich gerichtet werden, egozentrisch denken, handeln, sein. Dem Ich wieder Raum geben und das Ego aufmucken lassen. Erstaunt sein, darüber wer man ist, was man denkt, was man sagt und wie man sich verhält. Über- rascht sein, welche Gedanken man laut ausspricht, was die innere Stimme von sich gibt, wenn keiner zuhört, wie laut sie sich bemerkbar macht, selbst wenn es rundherum ohrenbetäubend erscheint.

Das Ich wieder gelten lassen. Die anderen ausblenden. Sie werden von den Hauptdarstellern zu den Nebendarstellern. Denn ganz ehrlich ... diese Bühne, die Bühne des Lebens, ist nicht immer groß genug für mehrere Hauptdarsteller.

Wo auch immer du hingehst

Wo auch immer du hingehst, ich werde mit dir gehen. Wo auch immer du hingehst, ich werde bei dir sein. Wo auch immer du hingehst, ich werde wissen, wo du bist. Auch wenn ich nicht wirklich bei dir bin, und deine Hand halten kann. Auch wenn ich dir nicht in die Augen sehen kann und dir zeigen kann, wie besonders du bist. Auch wenn ich dir nicht sagen kann, wie viel du mir bedeutest. Ich werde bei dir sein. Weil du mich mitnimmst. In deinem Herzen, ganz tief in deinem Inneren, in deiner Seele. Irgendwo hältst du mich fest, an einem Ort, an dem mich keiner sehen kann. An einem Ort, an dem du mich vielleicht auch nicht sehen kannst. Irgendwo, da bin ich und werde immer an deiner Seite sein. Ganz egal, wie weit du mich schon ausgeblendet hast, ganz egal, wie sehr du dich dagegen wehrst, mich in deinem Herzen zu haben, nicht festhalten zu wollen.

Ganz egal, wie weit deine Gedanken weg sind, oder wofür dein Herz gerade schlägt. Ich werde es spüren, ich werde es fühlen, ich werde es wissen. Denn wir sind eins.

Ich bin in der Musik, die du hörst, in der Musik, die du machst. Ich bin die Melodie des Songs, den du schreibst, der Beat in deinem Ohrwurm, und der Refrain in deinem Lieblingssong. Ich bin in jedem Text, den du schreibst, denn ich bin der Buchstabe, den du am öftesten nutzt, und in dem Satz, den du gerade beendest.

Ich bin in jeder Reise, die du machst und in jeder Fremdsprache, in der du ein paar Brocken sprichst. Ich bin in jeder Blume, die du siehst und an der du riechst, und in jeder, die du jemandem anderen schenkst.

Ich bin in dem Traum, den du immer wieder träumst, in dem du dich nach mir umdrehst, mich aber nicht sehen willst. Ich bin in jeder Mahlzeit die du isst, in jeder Lasagne und in jedem Eis, das du dir als Nachspeise gönnst. Ich bin auf jedem Konzert, wo du bist, auch wenn ich gar nicht dort bin. Ich bin auf der Ponte Vecchio in Florenz und auf dem Empire State Building in New York. Ich bin im Stau auf der

Autobahn und im Auto neben dir auf dem freien Highway.

Ich bin beim Baseballspiel deiner Lieblingsmannschaft und auch dort, wo du dem verhassten Beachvolleyball zusiehst. Ich bin auf dem Parkplatz, von dem du so schnell wie möglich wegkommen möchtest, und ich bin auf dem Telefon, das du dir neu gekauft hast.

Ich bin auf dem weißen T-Shirt und dem blauen Pulli, und ich bin auf dem britischen Union Jack und in Camden Town. Ich bin in deinem Brillenputztuch und in der türkisen Unterhose, und ich bin in diesen braunen Schuhen, die genau zu dem braunen Gürtel passen.

Ich bin im Ozean, den du ohne mich besuchst und in dem Sand, der sich zwischen deine Zehen schummelt und ich bin auch in dem Wunsch, den du dir nicht eingestehst.

Irgendwo bin ich. Immer. Wo auch immer du hingehst.

Der Sklave deiner Vergangenheit

Es gibt da dieses viel zitierte Bild von dem Päckchen, das jeder mit sich herumschleppt. Manche sehen es vor ihrem inneren Auge wie einen Koffer, oder einen Rucksack. Andere wiederum sehen eher das Kind aus Märchen, dass einen Stofffetzen an einen Stock gebunden hat und alles munter über die Schulter wirft. Manche sehen eine große Truhe, eine Kiste, die mit schweren Steinen gefüllt und beinahe unmöglich zu transportieren ist. Und andere wiederum verstehen überhaupt nicht, was die „anderen" da eigentlich meinen. Jeder hat sein Päckchen zu tragen ... welches Päckchen denn bitte?

Jene, die an das Päckchen glauben, sind sich der Größe ihres Koffers, ihrer Truhe, ihres Wanderrucksackes bewusst. Sie gehen damit jedoch auf ganz unterschiedliche Weise um. Die einen schnappen den Rucksack an den Riemen und werfen ihn sich motiviert auf den Rücken, denn schließlich muss man damit eine Weile marschieren können. Die anderen hantieren umständlich mit einer Riesenkiste herum, und können nach wenigen Metern keinen Schritt mehr tun, ohne Blasen an Händen und Füßen zu bekommen. Jede Bewegung schmerzt, jede erdenkliche Richtung wird zur falschen. Welcher Weg ist kürzer? Sie wenden und drehen sich im Kreis, um den am wenigsten umständlichen Weg zu erwischen, ohne zu erkennen, dass ihre ständigen Umwege bereits die meiste Zeit und Energie in Anspruch genommen haben. Sie sind die Sklaven ihrer Vergangenheit.

Sie ziehen mit, was sein muss, wehren sich aber dagegen und machen daraus eine doppelte Last. Und noch dazu kann diese Riesenkiste jeder sehen! Was sollen die Leute denken? Neben ihnen wandern die Rucksack-Menschen an ihnen vorbei, mit schnellem und bestimmtem Schritt. Auch sie tragen ihre „Last", jedoch haben sie einen Weg gefunden, damit umzugehen, sich an die Gegebenheiten anzupassen. Das Unausweichliche einfach einzupacken und mit auf die Reise zu nehmen. Sie tauchen vielleicht manchmal ein in dieses Päckchen aus ihrer Vergangenheit, zu dem sie – genau wie jeder andere Kisten-, Truhen-, Koffer- oder Rucksackträger – jeden Tag ein Löffelchen hinzufügen. Sie öffnen das Paket von Zeit zu Zeit, holen alte Dinge hervor und sehen sie genau an. Sie tauchen ein und setzen sich mit dem Inhalt auseinander. Sie nehmen es in die Hand, egal wie schwer es ist, oder wie scharf die Kanten sind.

Von Zeit zu Zeit misten sie aus. Alleine, oder gemeinsam mit einem geliebten Menschen. Vielleicht liegen hier auch zwei offene Koffer, oder eine Kiste und ein Rucksack, oder einer dieser Seesäcke.

Sie öffnen die Pakete und stellen sich dem Inhalt. Manches packen sie wieder ein, aber manches nicht. Genau dann, wenn sie entweder alleine oder gemeinsam mit einem geliebten Menschen die Vergangenheit akzeptieren können. Sie schnüren gemeinsam ein neues Paket. Sie tragen die Last gemeinsam. Sie packen vielleicht beide Rucksäcke in eine große Truhe und jeder schnappt eine Seite. Dann geht das Tragen gleich viel leichter.

Die Sklaven der Vergangenheit packen alles in Frischhaltefolie oder kaufen einen wasserfesten Rucksack, verschweißen die Inhalte, um sie zu konservieren. Doch was sie auf dem Weg des Schleppens total übersehen ... ihre Selbstachtung schwindet. Sie sind nicht mehr sie selbst, sie leben in der Vergangenheit und warten auf ein Wunder, das die Last von ihren Schultern nimmt. Doch dieses Wunder muss in einem selbst passieren. Dieses Wunder muss aus tiefstem Herzen entspringen, es muss den Wunsch des Auspackens hervorbringen, den Traum, die Schlösser der Truhe zu zerstören, und den Inhalten Aug in Aug gegenüber zu stehen. Egal wie sehr es schmerzt. Egal wie schwer es ist. Die Last wird jeden Tag schwerer und das Leben macht keinen Halt davor, jeden Tag ein Löffelchen, eine Schaufel oder eine Lawine hinzuzufügen.

Die Vergangenheit frei lassen, sich mit ihr zu versöhnen, bedeutet nicht, dass man alles vergessen muss. Es bedeutet nicht, dass man alles verzeihen und akzeptieren muss. Aber es bedeutet, mit sich selbst ins Reine zu kommen.

Den Rucksack von Zeit zu Zeit auszuleeren und sich von alten Themen befreien. Der Frühjahrsputz der Seele, sozusagen. Und die Sklaven der Vergangenheit werden befreit

... und mit ihnen, das eigene Herz.

Eine neue Seite von mir

Wer kennt mich besser, als ich selbst? Mit dieser Aussage bin ich sehr vorsichtig. Manchmal erkennen andere viel mehr in dir, als du es selbst kannst. Sie haben einen anderen Blick auf dich. Selbstbild – Fremdbild. Immer ein Thema. Und so ist es immer spannend, wenn man neue Seiten von sich selbst kennen lernt.

Es ist wie ein kleines Feuerwerk, ganz tief drinnen in mir. In einem Moment bin ich der Meinung, ich kenne mich vollkommen. Ganz und gar. Jede Faser, jede Laune, jeden Geschmack. Fehlanzeige. Ich probiere gerne Neues und entdecke mich dabei immer ein Stück mehr. Und so entstehen manchmal Feuerwerke, die ich mir selbst zu verdanken habe. Kleine Feuerwerke in mir, die sonst keiner sehen oder hören kann.

Es ist vielleicht ein neuer Gedanke, der ein kleines Feuerwerk entfacht. Eine Idee, die man hat. Etwas, woran man zuvor noch nie gedacht hat. Es ist möglicherweise etwas, das man zuvor noch nie gesehen hat. Ein Anblick, der einen von der einen Sekunde auf die andere komplett verändert, oder die Sicht auf bestimmte Dinge. Es ist vielleicht eine Speise, die man bislang immer gemieden hat und jetzt entdeckt, dass es hervorragend schmeckt. Es ist ein Kleidungsstück, das man nie tragen würde und plötzlich ist es das beste Stück im Kleiderschrank.

Bei mir war es eine Melodie. Eine Melodie, die ich schon oft gehört habe. Eine Melodie, die ich viel zu oft gehört habe, überall und immer. Gesungen von Menschen, die ich nicht kannte, von Menschen, die ich kannte. Gesungen von mir. Und doch war sie plötzlich ganz anders. Eines Tages habe ich diese Melodie ganz anders gesungen. Andere Rhythmen, andere Betonungen, andere Lautstärken. Nuancen, die alles plötzlich verändern können. Einige kleine Veränderungen können eine Welt ausmachen. Etwas, das man zuvor nie ändern wollte, weil man nie im Leben daran gedacht hat. Und plötzlich wird diese Melodie von einer Last zu einem Highlight. Sie hat mir aufgezeigt, dass ich etwas kann, was ich zuvor nicht wusste. Dass mir etwas, das ich zuvor noch nie probiert hatte, unglaublichen Spaß machte. Ich habe mich gehen lassen, diese Melodie mit anderen Handschuhen angefasst, habe sie gezogen und gebogen, genauso, wie ich sie wollte. Mir war nie klar, dass ich sie zu der meinen machen konnte. Mit ganz wenigen Tricks, die mir vorher nicht bekannt waren, wurden diese drei Minuten zu einem kleinen Wunder. Und noch immer denke ich an diese Momente zurück und ich kann es kaum erwarten, es noch einmal zu wagen. Diese Melodie auf eine neue Weise zu interpretieren, vielleicht auch noch eine andere Melodie zu meiner zu machen.

In mir selbst schlummert ein Abenteuer. Mein Abenteuer. Und es liegt an mir, es zu entdecken. Sei es mit einem neuen Geschmack in meinem Mund, einem neuen Gefühl auf meiner Haut, einem neuen Ton in meinen Ohren. Es liegt an mir. Und es gibt noch so viele Seiten in mir, die ich noch nicht kennen gelernt habe. Ich freue mich darauf ... auf mein eigenes Abenteuer. Und das Beste daran ist: Es startet in jeder Minute neu.

Seelengeflüster

Du schweigst. Aber du bist nicht stumm. Du siehst mich nicht an, und dennoch siehst du mich. Du hältst dir den Mund zu, aber du schreist. Du denkst nicht nach und trotzdem denkst du an mich. Du träumst nicht von mir und dennoch tauchst du in meinen Träumen auf. Deine Seele spricht. Sie flüstert, sie singt, sie schreit. Sie sucht nach Antworten, nach Bestätigung, nach Absolution. Sie bittet um Verzeihung und versucht zu erklären.

Du bist weit weg und dennoch spürst du meine Nähe und ich spüre deine Nähe. Sie drängt sich förmlich auf, selbst wenn wir sie weder suchen, noch herbeiwünschen. Selbst wenn ich dich in die Wüste schicken möchte und dich nie wieder sehen will. Ich sehe dich. Wenn ich meine Augen schließe, sehe ich deine Augen. Wenn ich meine Ohren zuhalte, höre ich deine Stimme. Wenn ich mich umdrehe, verfolgst du mich. Du bist überall. Deine Seele schreit mir nach, sie will mit mir in Kontakt sein. Doch du willst es nicht. Was soll ich tun?

Soll ich deine Botschaften zulassen? Soll ich sie annehmen und für mich herausfinden, was sie bedeuten? Was soll ich damit tun? Mit dem Gefühl der Enge in meiner Brust, mit der Gefahr, dass es mir die Luft abschneidet, mit plötzli- chen Angstzuständen und Horrorvorstellungen, mit Alpträumen und Gefühlen, die plötzlich und unerwartet in mir hochsteigen? Die für mich unerklärlich sind und nur eines gemeinsam haben: dich. Du bist überall, du steckst in jedem Gefühl, in jeder Bewegung, in jedem Wimpernschlag. Und du bleibst hier. Selbst dann, wenn ich dich rausschmeiße, nicht bei mir haben möchte. Wenn ich deine Seele mal einen Moment vor der Tür stehen lassen und sie nicht an meiner Seite haben möchte. Selbst wenn meine Seele Ruhe braucht und die Stille sucht. Wenn meine Stimme die Einsamkeit sucht und gehört werden möchte, ohne von deiner übertönt zu werden.

Und wenn ich dich bei mir haben möchte, dann bist du es. Aber nur halbherzig. Denn irgendwie bist du auch wo anders. Du musst dort sein. Denn es ist deine Entscheidung. Und dennoch besuchst du mich in jedem Moment. In jeder Sekunde bist du in meiner Nähe, passt auf mich auf und sorgst dafür, dass du weißt, was los ist. Du bist immer da. Unsere Seelen flüstern miteinander. Permanent. Es herrscht nie Stille. Es wird immer geflüstert.

Die Versionen von uns

Ich nenne ihn Sebastian. Ich nenne sie Bella. Sie waren füreinander geschaffen. Jede Sekunde war eine Offenbarung, eine magische Botschaft, dass sie sich schon immer kannten, schon immer suchten und nun für immer gefunden hatten. Jede Berührung war ein Feuerwerk, jedes Wort ein Gebet und jeder Blick ein Schwur. Für die Ewigkeit. Sie waren perfekt, wenn sie beisammen waren. Wie ihr Kopf an seinen Hals geschmiegt perfekt passte, wie sie sich liebten und in ihrer eigenen Sphäre schwebten. Wie sie ohne Worte kommunizierten, und wie sie in Gegenwart anderer eine eigene Sprache entwickelten, die nur sie kannten und verstanden. Ihre Herzen schlugen im gleichen Takt und sie wollten dies für die Ewigkeit. Endlich hatten sie sich gefunden und zueinander bekannt. Es sollte nie wieder etwas anderes geben.

Doch es gab bereits etwas anderes. Ein anderes Leben, das er begonnen hatte, ohne von ihr gewusst zu haben. Er konnte dieses Leben nicht zurück lassen und ließ stattdessen Bella zurück. Er opferte ihre Liebe für das Leben, das er bereits jemand anderem versprochen hatte. Er konnte sich nicht für das Schicksal entscheiden, er musste zurück in seine Realität. Zu schön erschien die Zeit mit ihr, als dass es wahr hätte werden können. Sie blieb, wo sie war. Sie konnte nicht zurück kehren, denn für sie war er ihre Realität. Er war ihr Fels in der Brandung, ihre perfekte Melodie. Doch all dies hat nicht gereicht.

Was, wenn er jedoch gar nicht diese Realität war? Wenn er nur eine Version für sie war. Eine perfekte Version für ihre Welt, die jedoch mit keiner anderen Welt zusammenpasste? Was, wenn sie nur eine Version von ihr für ihn war, die er in einer Phase seines Lebens gesucht hat? Was, wenn beide füreinander die perfekte Rolle gespielt haben, aber die Realität eine andere Version von ihnen bereit hält?

Wenn er für sie Türen geöffnet hat, ihr gezeigt hat, wozu sie fähig ist, sie in eine andere Welt entführte, nur um ihretwillen? Wenn er mit den Konsequenzen dieser Veränderungen nichts zu tun haben sollte, sie nur an der Hand nehmen und dort hin führen, weil sie es selbst nicht vermocht hätte? Was wenn sie für ihn eine Chance war, sein bisheriges Leben in den Griff zu bekommen? Ihn an sein Versprechen zu erinnern und an eine Vergangenheit, eine Entscheidung, die er vor langem bereits getroffen hatte? Was, wenn sie in diesem Zusammenspiel nur ein Schubs in eine Richtung war, die ganz weit weg von ihr selbst war?

Wäre Sebastian der perfekte Bella-Sebastian. Wäre er dann nicht bei ihr? Und wäre Bella die perfekte Sebastian-Bella, hätte er sich dann überhaupt gegen sein Schicksal stellen können? Sind diese Seelen nur für bestimmte Fingerzeige zusammen geführt worden, oder müssen sie eine Aufgabe lösen, die über dieses Leben hinaus geht? Müssen sie auf ein nächstes Leben warten, um ihre Aufgabe zu meistern? Um endlich die Realität füreinander darzustellen? Müssen sie vielleicht erst zur perfekten Version

für den anderen werden, sodass nicht der geringste Zweifel entstehen kann, und es keine andere Option gibt? Haben sich diese Seelen ein Versprechen gegeben, so lange zu kämpfen, bis es endlich klappt? Vielleicht sehen sie sich im nächsten Leben wieder.

„ICH BIN NICHT SAFE"

Meine Sicht ist verschwommen, so als hätte man das Licht gedimmt und ich kann den Lichtschalter nicht finden. Meine Augen scheinen sich nicht fokussieren zu können, sie schweifen planlos umher. Ich gehe durch ein Gebäude, das ich nicht kenne, das mir aber seltsam vertraut ist. Ich weiß, wohin ich gehe, biege in die richtigen Gänge ein und weiß genau, in welche Richtung die Türen aufgehen.

Ich öffne eine Tür und trete in einen Raum, der noch dunkler erscheint, als alle anderen bisher. Es stehen Sportgeräte herum. Hanteln, Gewichte und Bänke, Matten und Bälle. In der Ferne sehe ich Bewegungen, also bin ich nicht alleine hier. Warum bin ich hierher gekommen? Ein seltsames Gefühl befällt mich. Ich kneife meine Augen zusammen und versuche meinen Blick konzentriert im Raum zu festigen, um zu erkennen, was mich hier erwartet. Mein Herz klopft schneller, als würde es etwas erwarten, dass mich aufschrecken lässt.

Auf einer dicken Matte kauert ein Mann mit einem grauen Kapuzensweater. Die Kapuze hat er tief ins Gesicht gezogen. Er umarmt seine Knie mit den Armen und ich kann nicht sehen, wohin er unter der Kapuze blickt. Aber ich kenne diese Arme. Ich kenne diese Hände mit dem Ring am Finger und diesen Geruch, die Körperhaltung und die Form seines gekrümmten Rückens. Ich gehe langsam auf ihn zu und er blickt auf zu mir. Seine Augen sind von Tränen gerötet, sein Gesicht ist zerkratzt mit Schürfwunden von der Stirn über die Oberlippe bis zum Kinn hinab. Mein Herz macht einen Satz und ich beuge mich zu ihm hin, möchte seine Wange berühren, doch er zuckt zurück. Sein Blick weicht meinem aus und er versucht mich zu ignorieren.

„Was ist passiert? Warum siehst du so aus?", frage ich. „Das muss dich nicht kümmern. Du musst dich nicht um mich kümmern, lass mich. Es ist nicht mehr dein Problem, dich um meine Angelegenheiten zu kümmern. Es ist nicht mehr deine Aufgabe." Seine Stimme klingt bestimmt und dennoch weich, ablehnend und doch fordernd.

„Jetzt sei nicht komisch", ich setze mich auf die dicke Matte und sie gibt unter mir etwas nach. „Was ist passiert?" Plötzlich greift er nach meiner Hand und zieht mich zu sich. Mit beiden Händen umschließt er meine, auf seinen Knö- cheln sehe und spüre ich breite Kratzer. Wie lange sehnte ich mich nach seinen Berührungen, wie lange vermisste ich ihn und nun ist seine Berührung fest und sanft zugleich.

„Was ist passiert?", frage ich mit zitternder Stimme. Er blickt auf und zieht sich mit einer Hand die Kapuze vom Kopf. Seine Augen wandern kurz nach links und rechts, bevor er den Kopf neigt und flüstert: „Ich bin nicht safe!" Tränen füllen seine Augen.

„Du ... was?", frage ich verwirrt.
„Verstehst du nicht? Ich bin nicht sicher, ich bin unsicher, ich bin nicht safe, nicht safe!", er flüstert, aber kann seine Stimme nicht ganz kontrollieren, sodass schrille, fast panische Töne durch den Flüsterton stoßen. „Bitte geh nicht weg!" Er zieht meine Hand näher zu sich und legt seine Stirn darauf. Ich spüre wie heiße Tränen über meine Handrücken perlen.

Plötzlich blickt er auf und seine blauen Augen blitzen gefüllt mit Tränen, das zerkratzte Gesicht sieht mich flehend an ...

*****

Plötzlich schrecke ich hoch. Es ist 5 Uhr morgens und ich sitze aufrecht in meinem Bett. Es war nur ein Traum. Es war NUR ein Traum. Ein beklemmendes Gefühl schleicht sich von meinem Bauch in meine Brust und mir geht die Luft aus. Ich kenne dieses Gefühl, es erdrückt mich fast, als würde mir ein hartes Holzbrett auf die Brust gedrückt.

Meine Versuche durchzuatmen scheitern kläglich und mit seltsamen Atemgeräuschen springe ich auf und laufe ins Bad. Als ich in den Spiegel blicke, laufen mir bereits Tränen über das Gesicht und meine Hände klopfen gegen meine Brust. Ich zwinge mich, mich im Spiegel zu betrachten und versuche gleichzeitig zu verstehen, was hier passiert. Was passiert hier bloß?

Meine Hand greift zu meinem Handy und wählt seinen Kontakt aus. Mein Daumen ruht über dem grünen Hörer und zittert. Geht es ihm gut? Ist ihm etwas passiert? Hoffentlich ist er gesund? Was, wenn er einen Unfall hatte? Was, wenn ihm etwas passiert ist? Was wenn ...? Würde ich es überhaupt erfahren? Würde es mir irgendwer sagen? Ich wage es nicht meinen Gedanken zu Ende zu denken.

Unter der kalten Dusche wird mein Kopf wieder etwas klarer und ich versuche, mich für die Arbeit anzuziehen und mit freiem Kopf zum Büro zu fahren. Im Auto höre ich ein Hörbuch, um keine Musik hören zu müssen, die mich an ihn erinnert. Es war nur ein Traum, sage ich mir bei jedem Gedanken, der zu diesem zerkratzten und abgeschürften Gesicht zurück kehrt. Es geht ihm gut.

Ich blinke nach rechts und biege in die Straße meines Büros ein, etwas zu weit in der Mitte, aber es ist um diese Uhrzeit noch kein Verkehr. Und plötzlich stoße ich auf die Bremse. Er geht am Rande der Straße und kommt mir entgegen. In seinem weißen T-Shirt mit der Vespa drauf und einer Jeans, seiner dunkelbraunen Umhängetasche und einem gedankenlosen Blick. Ich schrecke auf, schaue für den Bruchteil einer Sekunde in seine Augen und weiche ihm aus. Ich bin nicht sicher, ob er mich gesehen hat.

Es geht ihm gut, denke ich. Er ist ganz, in einem Stück und gesund. Es war nur ein Traum. Es war nur ein Traum. Es geht ihm gut.

Betäubt

Jeder Tag ist ein Abenteuer. Die Frage ist nur, ob wir auch für diese Abenteuer bereit sind. Und letztendlich spielt dies gar keine Rolle. Denn die emotionalen Abenteuer, die jeden Tag auf uns warten, tauchen unangekündigt auf. Wir werden nicht darauf vorbereitet, sie geschehen einfach, und manchmal springen sie aus dem Hinterhalt auf uns und werfen und zu Boden. Nun liegt es an uns, wie wir mit diesen Abenteuern umgehen. Möchten wir selbst dieses Abenteuer in die Hand nehmen und der Indiana Jones in unserer Geschichte werden, oder wollen wir jemandem anderen sämtliche Entscheidungen überlassen?

Um selbst die Zügel in die Hand zu nehmen, müssen wir zuerst ein paar Fragen stellen. Was ist passiert, wie und warum reagiere ich so, wie trifft es mich und warum werde ich von diesen Gefühlen, die in mir wüten, derart überwältigt? Also: Wir müssen unsere Emotionen erkennen und wahrnehmen. Es bringt uns nämlich nichts, diese Gefühle zu verleugnen, die Wahrheit nicht anzuerkennen. Wenn wir einfach alles ignorieren, heißt das nicht, dass diese unangenehmen Gefühle, die uns aus der Bahn geworfen haben, verschwinden. Sie lungern im dunkelsten Winkel von uns und warten nur auf einen Moment, in dem sie wieder zuschlagen. Der kleinste Trigger reicht aus und wir sind wieder genau an dem Punkt, an den wir nie wieder gelangen wollten.

Das Leugnen unserer Gefühle verhilft uns nicht zu Seelenfrieden. Genau das Gegenteil trifft ein: Diese Gefühle ergreifen Besitz von uns und kreieren so eine ganz eigene Realität, die mit der unseren herzlich wenig zu tun hat. Wir müssen der Realität ins Auge blicken und verstehen, was passiert ist und nun endlich soweit sein, unser Schicksal selbst in unsere Hände zu nehmen. Was ist dann unser Problem?

Schmerz. Angst. Ungewissheit. Und was andere davon denken mögen. Wir wissen, wenn wir uns mit unseren wirklichen Gefühlen auseinandersetzen, so entsteht Schmerz.

Wir bekommen Angst vor der Zukunft, vor der Reaktion bestimmter Menschen und wir wissen, dass es weh tun wird. Wir wissen nicht, was als nächstes passieren wird, wenn wir aus unserer Komfortzone treten. Wir wissen es schlicht und einfach nicht. Das weiß auch nicht der weiseste Freund, der ehrlichste Kollege und der beste Psychologe. Wir müssen es wagen. Mit Neugier in unser Leben treten, in unserer Realität zu leben. In unserem tiefsten Inneren haben wir uns dazu verschrieben, uns selbst zu erforschen, herauszufinden, was gut für uns ist, was wir vom Leben wollen und natürlich auch, wer wir wirklich sind. Erst wenn wir wissen, wohin unsere Reise gehen soll, können wir für uns richtige Entscheidungen treffen ... wenn man davon ausgeht, dass es richtige und falsche davon gibt.

Emotionen und emotionalen Schmerz zu ignorieren hilft uns nicht. Hast du dich schonmal dabei beobachtet, wie es dir geht, wenn du einfach das Negative in deinem Leben ignorierst? Geht es dir besser? Fühlst du dich leichter? Vielleicht geht es dir kurzfristig besser, aber du wirst dich niemals leichter fühlen. Das merkst du, wenn nur ein Wort fällt, dass dich an eine schmerzhafte Situation erinnert. Das merkst du, wenn du ein bestimmtes Lied im Radio hörst. Das merkst du, wenn du zufällig an einem Ort vorbei kommst, der dich erinnern lässt. Du betäubst deine Gefühle – natürlich nur ganz genau so, wie du es möchtest. Denn sich damit auseinander zu setzen, wäre viel schlimmer, als sie einfach wegzuschieben, zu betäuben.

Und jetzt mal ehrlich: Willst du dich selbst betäuben? Alles, was dir gerade nicht in den Kram passt, was gerade ungelegen kommt, bei dem das Timing nicht passt, oder weil es unbequem ist? Willst du betäuben, was du wirklich fühlst, verleugnen, was dich wirklich bewegt, wer du wirklich bist? Es verlangt Mut, sich wirklich seinen Gefühlen zu stellen. In jeden Abgrund zu blicken, der sich dir offenbart. Denn selbst, wenn du glaubst, dich schon ziemlich gut zu kennen, wirst du ein paar Winkel entdecken, wo das Sonnenlicht noch nie hingelangt ist, wo du dich fragst, ob das wirklich du bist, und wo du am liebsten die Decke über den Kopf ziehen möchtest.

Aber es bedeutet Freiheit. Freiheit, so sein zu können, wie wir wirklich sind. Das tun zu können, was wir wollen und was uns Freude bereitet. Unsere Emotionen einfach zu leben, denn sie machen uns aus. Was ist schon richtig und was ist falsch? Die Stimme unseres Herzens zeigt uns, was wahre Stärke in uns ist.

Heimweh

Kennst du das Gefühl, wenn du weißt, dass du hier nicht hin gehörst? Wenn sich alles falsch anfühlt und du einfach nur weg willst? Wenn es einen Platz gibt, an dem du viel lieber wärst, an dem du dich sicher und geborgen fühlst. Diesen einen Ort, bei dem du genau weißt, wo alles ist, wo nichts fremd ist und wo du dich gut aufgehoben fühlst. Du willst zu diesem Ort, denn du verbindest viel mit ihm. Es ist Zuhause.

An diesen Ort willst du zurück, weg von diesem hier. Hier ist Chaos, Durcheinander oder es ist laut und schmutzig. Du kennst dich hier nicht aus, nichts ist vertraut, du weißt nicht wo du etwas findest und in welche Richtung du gehen musst. Du vermisst dein Zuhause, du möchtest einfach nur dorthin, hältst es kaum mehr aus, weil der Druck, hier zu sein, einfach zu groß wird. Du hast Heimweh.

Was, wenn dieser Ort, an den du dich zurück sehnst, ein so wunderbares Gefühl in dir auslöst, dass du es kaum fassen kannst, dass dieses Gefühl ein Teil von dir ist. Es ist so unwirklich schön, dass es dir fast unheimlich erscheint. Vor allem wusstest du zuvor nicht, dass du zu derartigen Gefühlen fähig bist. Du sehnst dich nach diesem Ort. So sehr, dass es weh tut.

Und was, wenn dieser Ort keine Wohnung oder Haus ist. Kein Ort, an den man gehen kann, oder für den man einen Schlüssel braucht, um eine Eingangstüre aufzusperren. Was, wenn dieser Ort jemand ist. Ein Mensch. Wenn dieses Zuhause, das du fühlst mit einem Menschen definiert wird. Wenn du dich nur bei ihm daheim fühlst, ganz egal wo auf der Welt du gerade bist. Wenn er an deiner Seite ist, bist du Zuhause. Was, wenn du Heimweh nach diesem Menschen hast. Dann gehst du einfach zu diesem Menschen und stillst dein Heimweh. Du stillst alles, wonach du dich in diesem Moment sehnst, alles was dich Zuhause fühlen lässt. Weil es nur Zuhause sein kann, wenn sich dein Kopf genau perfekt an seine Schulter schmiegen kann, wenn deine Finger sich perfekt in seine verschränken können, wenn dein

Herz mit seinem im gleichen Takt schlägt und wenn deine Lippen perfekt auf die seinen passen. Es ist nur Zuhause, wenn du seinen Atem auf deiner Haut spürst, und wenn du ihm mit sanften Berührungen eine Gänsehaut schenkst.

Wenn seine Stimme wie Musik in deinen Ohren klingt und du ganz sicher weißt, dass du nie wieder in andere Augen blicken möchtest. Wenn du weißt, dass du nur neben ihm einschlafen und aufwachen möchtest, wenn es dir leicht fällt, deine Versprechen zu halten.

Doch was, wenn dein Zuhause das Zuhause eines anderen Menschen ist? Wenn das Gefühl, das du empfindest, auch ein anderer empfindet? Wenn jemand dein Zuhause bei sich hat und es genießt? Wenn du dein Heimweh nie stillen kannst? Wenn du diese Sehnsucht nie stillen kannst, wenn du auf der Welt herumwandelst, ohne Ziel? Wenn du auf der Suche nach deinem Zuhause bist und weißt, dass du es nicht finden kannst? Wenn du weißt, dass dein Heimweh nie gestillt werden kann? Wo bist du dann Zuhause? Wo bist du daheim?

Heimweh nach dir. Und ich werde nie mehr Zuhause sein.

Die Prophezeihung

„Du warst schon mal an diesem Punkt." Sie sieht auf und schüttelt vorsichtig den Kopf. „In einem früheren Leben warst du schon mal an diesem Punkt. Ihr wart beide schon einmal an diesem Punkt." Sie blickt kurz konzentriert und nickt. „Ja genau, du erlebst das nicht zum ersten Mal.

Und darum kannst du es noch weniger verstehen. Es war schon mal so und du fragst dich jetzt, warum schonwieder? Warum passiert so etwas?" Sie steht auf und umfasst ihre eigenen Arme, fast so, als würde sie sich selbst umarmen.

„Karma. Ihr seid verbunden. Das spüre ich, wenn es in den Armen kribbelt. Ihr habt euch schon in mehreren Leben getroffen, vielleicht auch in jedem. Es gibt etwas, das ihr erledigen müsst und zwar gemeinsam. Sonst würden sich eure Wege nicht ständig kreuzen." Sie fährt sich über die Arme und versucht sie mit energischen Bewegungen zu wärmen, eine leichte Gänsehaut zeichnet sich ab. „Bitte laufe diesmal nicht davon." Was?

„Ich weiß du hast die Tendenz, bei solchen Themen zu flüchten, aber bitte bleib bei dir, lauf nicht davon. Du kannst davor nicht weglaufen, du musst dich der Situation stellen." Sie setzt sich wieder hin und blickt in ein Gesicht, das offensichtlich einen unverständlichen Ausdruck hat. „Im letzten oder vorletzten Leben hattet ihr genau die gleiche Situation. Er kann nicht. Auch wenn er dich noch so liebt.

Er kann es nicht. Aber ihr seid so stark miteinander verbunden! Er kann es nicht ignorieren. Seine jetzige Situation lässt ihm keine andere Wahl und das weißt du", bestärkt sie. „Aber er weiß genau, dass er dich nicht vergessen kann. Er kann dich nicht loslassen. Aber du musst ihn jetzt loslassen. Nur wenn du ihn nicht krampfhaft festhältst, kann er aus freien Stücken wiederkehren." Wiederkehren ...

„Letztes Mal warst du weg, du bist geflüchtet. Du hast dich in ein anderes Leben gestürzt, das nicht deines ist", sie nickt langsam und dann energisch. „Du hast versucht, dem

Ganzen zu entkommen und hast gedacht, es ist besser, du gehst an einen anderen Ort. Bitte geh diesmal nicht!" Ihre Augen flehen und sie kneift die Lippen zusammen. „Ich weiß nicht, was eure Aufgabe in diesem Leben ist. Aber irgendeine Aufgabe steckt dahinter, die karmische Verbindung ist so stark, dass hier noch etwas erledigt werden muss. Du musst dich deshalb irdisch lösen. Aber bleib hier und flüchte nicht!" Ein Kopfschütteln und ein Nicken. „Sie sagen mir, dass du nicht ins Ausland gehen sollst. Bleib hier, geh nicht permanent weg, also wandere nicht aus! Bitte bleib!"

Nach einer Pause sagt sie: „Er hat dich gesucht. Er hat dir gesagt, dass er dich suchen wird und er hat dich auch gesucht. Aber er konnte dich nicht finden. Als er herausgefunden hat, dass du im Ausland lebst, hat er weitergesucht. Aber du hast ein anderes Leben begonnen. Du hast eine Familie gegründet. Und ja, du hast diese Familie geliebt. Aber du warst nie vollständig, du warst nie vollkommen. Und du warst nie wirklich glücklich. Du hast dich immer nach ihm gesehnt. Du konntest ihn nicht loslassen. Und als er dich gesucht hat, warst du nicht mehr da. Du konntest den Schmerz nicht ertragen und hast ihn betäubt. Bitte mach es diesmal nicht!" Flüchten und den Schmerz betäuben ...

„Ich weiß, es ist schwierig. Und ich weiß nicht, ob es diesmal wieder so sein wird. Aber letztes Mal kam er wieder und hat dich gesucht. Überall. Er hat es dir auch gesagt, dass er dich suchen kommt. Und er hat sein Wort gehalten. Lauf nicht davon... wenn du nicht davon läufst, kann sich eure Prophezeiung vielleicht erfüllen." Unsere Prophezeiung?

„Als er dich mit deiner Familie gesehen hat, hat er aufgegeben. Er wollte deine Familie nicht zerstören. Genauso wie du seine nicht zerstören wolltest. Sein Herz war gebrochen und er hat umgedreht und danach nicht mehr nach dir gesucht. Aber er konnte dich nie vergessen, er hat dich immer geliebt. Ihr habt euch beide immer geliebt. Für immer." Für immer ...

183

Für immer. Eine Prophezeiung? Kann es wirklich sein? Kann es sein, dass zwei Menschen sich immer wieder treffen und in jedem Leben versuchen, eine Mission zu erfüllen? Wenn sie es nicht mehr schaffen, müssen sie es im nächsten Leben wieder versuchen? Müssen sie noch einmal kämpfen, noch einmal alles durchleben, was ihnen im letzten oder in den letzten Leben bisher so viel Schmerz bereitet hat? Müssen Menschen immer wieder durch diese Hölle gehen? Und was, wenn sie ihre Aufgabe erfüllen?

Was dann? Treffen sie sich nie mehr? Genau dann, wenn sie es schaffen, ihre Aufgabe zu erfüllen, sind sie dazu verdammt, den Rest ihrer Leben getrennt voneinander zu verbringen? Würden sie nicht spüren, dass etwas fehlt? Würden sie nicht das Gefühl haben, dass sie unvollständig, unvollkommen sind?

Und was, wenn sich die Prophezeiung nicht erfüllt? Nie? Vielleicht muss man als ungeduldiger Mensch einfach auf einer anderen Ebene denken. Denn dann hat das, was er als letztes zu ihr gesagt hat, eine ganz andere Bedeutung:

„Wir sehen uns im nächsten Leben."

Das Bild übermalen

Du hattest ein Bild von mir. Und es ist gewachsen. Es ist größer geworden und hatte viele Farben. Doch plötzlich war dieses Bild nicht mehr strahlend und schön. Es ist grau und fahl geworden. Du hast es in eine Ecke gestellt und es nicht mehr beachtet. Wie sehr wünsche ich, dass ich dieses Bild neu malen könnte. Gemeinsam mit dir. Dass ich dir alle Farben zeigen könnte, die wirklich in diesem Bild enthalten sind. Dass ich dir all die versteckten Einzelheiten zeigen könnte und sie auf Leinwand festhalten könnte. Denn erst dann könntest du entscheiden, ob du dieses Bild als Blickfang aufhängen möchtest, oder ob du es im Keller verstauben lässt.

Erlaube mir nur, das Bild zu übermalen, dass du von diesem Mädchen hast. Du hast es mit grauer Farbe überpinselt und es ist nichts von diesem strahlenden bunten Gemälde übrig geblieben. Wie gern würde ich den Staub davon pusten, ganz sanft mit dir gemeinsam die Farben erneuern. Gemeinsam mit sanften Pinselstrichen die Feinheiten herausarbeiten. Jeden Schatten genau festhalten und auch jeden Sonnenstrahl. Das Bild war einst so wunderschön, dass es viel schöner war, als das Original. Du hast daraus ein Kunstwerk gemacht.

Die Vorlage war nichts Besonderes. Aber du warst es, der ihr Magie eingehaucht hat. Du hast es erstrahlen lassen, es aufblühen lassen, du hast es mit deiner Kreativität zu einer Augenweide gemacht, die jeder sehen wollte. Doch irgendwann hast du beschlossen, dass das Bild es nicht wert ist, weiter gemalt zu werden. Und hast es einfach mit grauer Tinte übergossen. Du hast ein neues Bild gemalt, das dem alten gar nicht ähnlich war. Ein bitteres Bild mit vielen Schatten, mit Schwächen und dunklen Gefühlen. Ich wünschte, du hättest es nicht gemacht. Ich wünschte, du würdest mich es mit dir neu zeichnen und ausmalen lassen.

„Ich kann übrigens gar nicht gut malen", hast du gesagt. Hast du gesagt, als ich dich gebeten habe, das Bild nicht zu übermalen.

Doch was, wenn du das erste schon nicht gut gemalt hast? Wenn es nur Anfängerglück war, die richtigen Farben erwischt zu haben? Was wenn dein Erstlingswerk gar kein Blickfang war, sondern einfach nur die glückliche Abfolge von hellen Farben? Oder möchtest du mir sagen, dass du dieses Bild nicht übermalen kannst. Dass es nie anders sein wird. Vielleicht ist es auch egal, weil es keinen Unterschied macht. Nur du selbst weißt, wo du das Bild aufbewahrst. Vielleicht in einem Versteck, das nur du finden kannst. Oder in einer Abstellkammer. Staubig wird es bestimmt. Aber wirst du es von Zeit zu Zeit besuchen und abstauben?

ICH HABE DICH AUSERWÄHLT, MICH ZU RETTEN

Der Blick hinter der Fassade, als sich unsere Augen das erste Mal trafen. Die versteckten Blicke, im Vorbeigehen. Kleine Kommentare über Dinge, die sonst niemandem aufgefallen sind. Aufmerksamkeiten, die einzigartig waren. Alles an der Oberfläche. Doch du wolltest mehr wissen, mehr erfahren und heraus- finden. Ich war für dich eine Erlebnisreise, die tiefgründige Gedanken offenlegte und ihr persönliches Buch aufschlug. Jede Seite wurde genau gelesen, analysiert und hinterfragt. Du hast mich durchschaut.

Und ich habe dich auserwählt, mich zu retten. So oft zuvor war ich gefallen. So oft zuvor konnte ich mich nur schwer aufraffen. Und so oft hat dein aufmunternder Blick alles wieder gut gemacht. Du hast an mich geglaubt, du hast mir gezeigt, was in mir steckt. Du hast mich die Welt etwas besser verstehen lassen.

Dein Buch war für mich nicht immer offen, doch manchmal hast du mich eine Passage mitlesen lassen. Und ich habe gedacht, auch ich könnte dich ein klein bisschen retten. Mit Sicherheit. Dass ich da bin, dass ich immer da sein werde. Dass ich dich verstehe, in jeder Situation, die du mir offenbart hast. Du warst undurchsichtig und doch so klar für mich und du warst mein Retter. Mein Ritter.

Du hast es dir zur Aufgabe gemacht, mich glücklich zu machen. Hast dabei viele anderen Dinge rund um dich vergessen. Vielleicht hast du dich auch ein bisschen selbst dabei vergessen. Ich wollte immer nur ich selbst sein und ich wollte dich du sein lassen. Beide genauso wie wir sind. Genauso wie wir unser Seelenstriptease stets gepflegt haben. Keine Lügen, keine Verstellungen, kein Schauspiel.

Und doch wurden wir Teil eines absurden Schauspiels, das wir uns selbst gestaltet haben. Du wolltest mich retten und ich dich. Ich habe dich auserwählt, mein Retter zu sein. Mein Ritter zu sein. Aber all das hilft nichts, denn wir müssen uns zuerst selbst retten, um anderen den Ritter spielen zu können. Wir müssen zuerst uns selbst helfen, uns selbst verstehen, und selbst wissen, was wir wollen. Erst dann können wir für andere eine Hilfe sein.

Wir hatten eine wunderbare gemeinsame Reise. Aber keiner konnte den anderen retten. Du wirst jedoch immer mein Ritter bleiben. Mein Auserwählter, mein Retter, den ich ausgesucht habe, um mich glücklich zu machen. Und du hast mich glücklich gemacht. Retten konntest du mich nicht. Vor allem, als du selbst mich verzweifeln lassen hast. Als du selbst versuchst hast, jemand anderes zu retten. Weder dich noch mich. Unser Mikrokosmos war aufgeflogen, wir konnten ihn nicht mehr halten. Auch nicht mehr festhalten. Mein Ritter war ausgeritten. Und kam nie wieder. Und dennoch wirst du immer mein Ritter sein. Denn ich habe dich auserwählt, mich zu retten.

Ich kann hier nicht bleiben

Ich höre deinen Namen. Jemand spricht über dich. Über etwas, das du einst gesagt hast. Oder gemacht hast. Ich rücke in meinem Sessel unruhig hin und her und versuche, mich auf etwas anderes zu konzentrieren. Ich lese Worte, die die deinen waren, die deine Idee zu Pa- pier bringen. Die du dein Eigen nanntest, eine Idee, die du hattest und umsetzen wolltest. Es sind deine Worte, die ich nun umschreibe, und sie einem anderen in den Mund lege.

Ich sehe dich auf der anderen Straßenseite gehen. Dein Schritt ist zügig und gerade, gleichmäßig und sicher. Doch du gehst zu einem anderen Ort. Nicht mehr in meine Richtung. Du gehst zu einem anderen Ort, der gar nicht weit weg von mir ist. Im Gegenteil. Er ist ziemlich nahe.

Ich kann hier nicht bleiben.

Ein Wort. Eine Person. Ein Thema. Ein Ton. Ein Lachen. Ein Blick. Eine Referenz. Du bist überall. Und ich kann dir nicht entfliehen. Doch ich muss. Denn ich kann hier nicht bleiben. Hier an diesem Ort, der für mich so viele Erinnerungen hält. An diesem Ort, mit dem ich so viel verbinde – mit dir verbinde. Hier an diesem Ort, wo dein Name regelmäßig ausgesprochen wird, wo dein Werk weiter geführt wird, und wo deine Abwesenheit von allen Wänden schreit. Sie ist allgegenwärtig.

Wie kann ich an einem Ort bleiben, der mit deinem Namen markiert ist, der von deinen Taten geprägt ist, der von dir gelebt hat? Ein Ort, an dem du mir deine Liebe geschworen hast und an dem wir an unserer Zukunft gebastelt haben. An einem Ort, wo ich böse Blicke empfange, jedes Mal, wenn ich in die Nähe deines früheren Schaffens komme und wo ich misstrauisch beobachtet werde.

Ich kann hier nicht bleiben.

In einem Gebäude, das mich an dich erinnert. In einer Stadt, die du gewählt hast. In einem Land, das mich an dich erinnert. In einem Land, das ich mit dir vielleicht verlassen hätte, um ein neues Leben zu beginnen. In einem Kontinent, in dem ich noch so viel mit dir entdecken wollte. In einer Welt, die die unsere hätte sein sollen.

Ich kann hier nicht bleiben. Doch es bleibt mir kein Ort, an dem ich nicht deinen Namen höre, an dem ich nicht dein Gesicht sehe, deine Worte lese, deine Stimme höre. Es gibt keinen Ort ohne dich. Und ich kann hier nicht bleiben.

ABSOLUTION

Du suchst nach Absolution. Nach dem Abnicken deiner Taten. Jemandem, der dir sagt, dass alles gut ist, so wie es ist. Du suchst einen Menschen, der dir verzeiht, der dich mit all deinen Fehlern nimmt, so wie du bist. Einem Menschen, der dich kennt, noch viel besser, als du dich selbst kennst. Aber dieser Mensch kann nicht irgendjemand sein. Dieser Irgendjemand ist etwas Besonderes. Er ist mit dir auf eine Weise verbunden, wie es sonst niemand ist. So lange er dir nicht verzeiht, dich so nimmt, wie du bist, bist du nicht ganz. Du fühlst dich unruhig, bist nicht du selbst, denn du weißt, dass ein bestimmter Teil in dir keine Ruhe findet.

Absolution. Ein starkes Wort. Du suchst Absolution von anderen, von deinen Eltern, deinen Freunden, deinem Partner. Von deinem Seelenverwandten. Du suchst nach jemandem, der dir beruhigend den Arm auf die Schulter legt und lächelnd sagt: „Alles ist gut." Doch was ist, wenn nicht alles gut ist? Wenn du etwas getan hast, das man nicht verzeihen kann? Das dir genau die Person nicht verzeihen kann, von der du dir diese Absolution so sehr wünscht? Von der du sie brauchst?

Du wirst keine Absolution erhalten. Niemand kann dir Absolution geben. Nicht der Mensch, der dir näher ist, als du es dir selbst je sein kannst. Nicht deine Familie oder deine Freunde. Absolution kannst du dir nur selbst geben. Nur du selbst hast die Macht, dir zu verzeihen. So lange du dir nicht selbst verzeihst, kannst du nicht von anderen erwarten, dass sie es tun. Auch wenn du nicht stolz bist auf deine Taten, du musst sie akzeptieren und dir verzeihen. Gib dir selbst die Absolution, nach der du so hechelst. Rechtfertige dich nicht stets vor anderen, sondern vor dir selbst. Zeige dir, dass du stark genug bist, du selbst zu sein. Beweise dir, dass du gut bist, so wie du bist.

Absolution von anderen zu erwarten baut immensen Druck auf. Nicht nur auf dich, sondern auch auf alle anderen. Die Erwartungshaltung ist zu hoch. Hör auf, nach der Absolution zu suchen. Erwarte nicht, dass deine Eltern dich so lieben und schätzen, wie du bist, wenn du es nicht kannst. Du bist gut so wie du bist. Auch wenn deine Familie dir eine Bürde auferlegt, mit der du weiterleben musst. Du musst dir selbst verzeihen, damit andere dir verzeihen können. Und damit du anderen verzeihen kannst.

Lade dir nicht eine zusätzliche Bürde auf, die du nicht tragen kannst. Zerschlage den Wunsch nach Absolution. Teile ihn in kleine Päckchen auf und bearbeite jedes kleine Päckchen. Ohne fremde Hilfe, ohne Unterstützung. Mach es mit dir selbst aus. Denn nur so kannst du dir deinen Wunsch nach Absolution erfüllen. Mit dir selbst.

EROBERT

Du siehst etwas und weißt, dass du es haben möchtest. Du möchtest es für dich gewinnen, für dich haben. Du möchtest es erobern. Du siehst die Welt, die du erobern möchtest und tust alles dafür, dass du es schaffst. Es ist so fix in deiner Vorstellung, so konkret und so genau, dass für dich kein Zweifel besteht, dass dies deine Zukunft ist. Du möchtest jemanden erobern, du möchtest das Herz von jemandem berühren und darin ein Zuhause finden.

Du siehst all das Schöne in dieser Welt, die so sicher deine sein soll. Du siehst ein Lächeln, fühlst eine Berührung und es ist ganz klar: Genau das willst du. Du siehst diese Welt genauso wie du sie sehen möchtest. All das Gute steht im Vordergrund, es gibt daran nichts Negatives. Du bist geblendet von dieser Schönheit, die sich dir bietet und sich dir wie auf einem Silbertablett serviert. Du siehst genau diese Welt, die du erobern möchtest. Du siehst nicht die Welt, die du verlieren könntest.

Die Welt ist ein gütiger Ort, denkst du. Und siehst deine Zukunft vor deinem inneren Auge. So klar, so definitiv, so logisch. Es kann gar nicht anders sein. Doch, dass du dieses Wunderbare in deinem Leben verlieren könntest, wenn deine Eroberung fehl schlägt, daran denkst du nicht. Und wenn es dann so ist, dann fällst du. Du fällst und fällst, der Schmerz kommt in unerklärlichen Wellen und höhlt dich regelrecht aus.

Was bleibt dir von deiner Eroberung? Ein Ideal, an dem du festgehalten hast. Ein Traum, der nie Wirklichkeit war. Eine Mission, die gescheitert ist. Du trauerst, du weinst, du schreist. Hörbar oder nicht hörbar. Du explodierst und implodierst zur selben Zeit. Du verstehst nicht, was mit dir passiert. Du hast es doch gesehen! Gefühlt! Dieses Ziel, auf das du dein Leben lang hingearbeitet hast, zumindest scheint es so, als wäre alles andere, was du bisher gemacht hast, sinnlos. Wertlos. Leer.

Sisyphusarbeit. Das war deine Eroberung. Du hast dich immer einen langsamen Schritt nach vorne gewagt, um nicht mit voller Wucht in deinem Traum zu landen. Um deine Eroberung nicht zu verschrecken. Um sanft und langsam mit ihr deine eigene Welt zu erschaffen. Doch immer, wenn du gedacht hast, du bist einen Schritt weiter, wurde dir der Boden unter den Füßen weggezogen. Du hast es nie ganz ergreifen können. Dein Griff ging ins Leere. Deine Eroberung wurde dir nicht gegönnt.

Und eigentlich wolltest du doch erobert werden. Eigentlich sollte es diesmal so sein, dass alles einfach ist. Keine Umständlichkeiten, keine Vorwürfe, keine negativen Gefühle. Denn alles war von Anfang an ganz klar. So deutlich, als hättest du eine Lupe vor die Augen geklappt bekommen, die ganz genau betrachten konnte, wer du bist, und wer du sein willst. Und dann hast du erkannt, dass sich diese beiden treffen. Aber nur wenn deine Eroberung dabei ist. Nur wenn diese Schnittstelle mit dabei war, dann warst du genau eins mit dir. Denn diese Eroberung hat dich dazu gebracht, dass du ein besserer Mensch sein wolltest. Dass du die Welt verstehen konntest. Gütig mit ihr sein konntest. Dass du dich selbst kennen lernst und gleichzeitig die wundervollste Welt erschaffst, die es je auf Erden gegeben hat.

Erobert. Für eine Zeitlang. Und danach gescheitert.

Suche mich im Zwiespalt

Du willst mich suchen. Denn du weißt wo ich bin. Du willst mir folgen. Denn du weißt wohin ich gehe. Du willst mich finden. Denn du weißt, wer ich bin.

Doch du weißt nicht mehr, wo ich bin. Du weißt nicht mehr, wohin ich gehe. Du weißt nicht mehr, wer ich bin. Zu lange hast du mich orientierungslos herumlaufen lassen, so weit, dass ich selbst nicht mehr wusste wo ich bin, wohin ich ging, und wer ich war. Ja, du wusstest, wo ich sein würde. Ja, du wusstest, wohin ich gehen würde. Ja, du wusstest, wer ich war. Aber weißt du es jetzt noch?

Ich weiß es selbst nicht mehr. Suchst du mich, so suche mich im Zwiespalt. Folgst du mir, so findest du mich im Zweifel. Und findest du mich, so findest du mich in der Ahnungslosigkeit. Denn ich weiß nicht mehr, wohin ich gehöre, wohin ich gehen sollte oder wer ich sein soll.

In diesem unversöhnlichen Schicksal spiele ich die Hauptrolle. Gemeinsam mit dir. Und jeder Versuch, dich zur Nebenrolle zu machen, ist gescheitert. Du bist der Protagonist in meinem Zwiespalt. Der Headliner in meinem Zweifel. Und der Komponist meiner Ahnungslosigkeit.

Links und rechts türmen sich die Fragezeichen, die sich wie Wände entlang des Zwiespaltes heften. Magnetisch schwirren sie um mich herum. Und gerade, wenn ich versuche, über diese Wände zu blicken, mich daran hochzuziehen und sie hinter mir zu lassen, kommt eine neue Ladung dazu. Gefangen im Zwiespalt. Kein Entkommen ist möglich. Dieses unversöhnliche Schicksal mitten im Zwiespalt. Und es gibt keinen Ausweg.

Willst du mich suchen, so suche mich im Zwiespalt. Willst du mir folgen, so folge den Zweifeln. Und willst du mich finden, so finde mich in deinem Herzen.

Das Ende der Welt

Jeder erlebt sein eigenes Ende der Welt. Und wir alle haben es schon erlebt. In diesen Mikromomenten bleibt die Erde stehen und alles andere wird unwichtig.

Das Kleinkind, dessen Eiskugel aus der Waffel bricht und klatschend auf den Boden fällt. Die Mutter, die ihr Kind für eine Sekunde aus den Augen verliert. Die Köchin, die das Risotto anbrennen lässt. Der Lehrer, der den Schülern eine falsche Jahreszahl genannt hat. Der Bauer, dem die Ernte zerstört wird. Der Musiker, der auf der Bühne die falsche Strophe singt. Der Vater, der seinen Job verliert. Der Journalist, der in seinem veröffentlichten Artikel einen peinlichen Tippfehler findet. Der Sportler, der sich das Bein bricht. Der Anwalt, der einen Fall verliert. Das Mädchen, das seine Mutter an eine Krankheit verliert. Der Junge, dessen Vater immer zu viel erwartet. Die Liebe, die einen für immer verlässt.

Jeden Tag geht die Welt unter. Vielleicht nicht für dich, aber für jemand anderen. Jeden Tag steht das Ende der Welt bevor. Und jeden Tag geht es weiter. Zumindest warten wir darauf, dass das Leben weitergeht.

Doch was, wenn das Leben nicht weitergeht? Wenn man sich jeden Tag im gleichen Alptraum wieder findet? Was, wenn das Ende der Welt jeden Tag über einen hereinbricht? Wenn es nicht aufhört und der Schmerz sich nicht betäuben lässt? Ist es die Unfähigkeit, einen Verlust zu akzeptieren, die uns in den Wahnsinn treibt? Ist es der Wahnsinn, der uns am Leben erhält? Ist es die Hoffnung, die uns immer mehr verletzt? Sind eine absurde Kombination aus Wahnsinn und Hoffnung der einzige Weg, weiterleben zu können?

Aber eines steht fest. Wir schaffen es hier nicht lebend raus. Keiner von uns. Jedes Ende der Welt könnte das letzte für uns sein. Oder wir haben noch tausende vor uns. Wir wissen es nicht. Wir müssen diesen Wahnsinn akzeptieren, die Hoffnung als leuchtenden Punkt im Auge behalten, um nicht durchzudrehen. Um uns selbst zu versichern, dass es das alles wert war. Dass wir am Ende ein Happy End haben und nur dies das einzige Ende der Welt sein kann, das zählt.

Es ist das Ende der Welt. Jeden Abend, wenn ich nicht mit dir einschlafe. Und es ist das Ende der Welt, jeden Morgen, wenn ich nicht neben dir aufwache. Es ist das Ende der Welt, wenn ich weiß, dass ich dir nie mehr in die Augen sehen werde. Es ist das Ende der Welt, wenn ich versuche zu vergessen, dass ich dich nie wieder küssen oder deine Hand halten werde. Es ist das Ende der Welt, wenn ich daran denke, dass du die gleiche Luft atmest wie ich und doch so weit weg bist. Es ist das Ende der Welt. Weil ich weiß, dass du für immer bist. Dass du für immer bleibst. Bis zum Ende der Welt.

Was du nicht sagst

Du sagst und erzählst so viel, dass du den Überblick verlierst, was du wem versprochen hast. Denn während du redest und Dinge sagst, die andere begeistern und dich von dir überzeugen, machst du unzählige Versprechungen. So schön deine Worte auch sein mögen, viel wichtiger ist, was du nicht sagst.

Du sagst nicht, dass du unsicher bist. Du sagst nicht, dass du Angst hast. Du sagst nicht, dass du Zweifel hast. Du sagst nicht, dass deine Gedanken an einem anderen Ort sind. Du sagst nicht, dass du eigentlich nicht möchtest, dass sich etwas ändert. Du sagst nicht, dass die Pläne, die du schmiedest, eher deiner Fantasie entspringen, als deinen Wünschen. Du sagst nicht, dass du möchtest, dass du anderen gefällst. Du sagst nicht, dass es dir wichtig ist, was andere von dir halten. Du sagst nicht, dass du Panik hast, vor dem, was andere Menschen denken. Du sagst nicht, dass du versuchst, die Erwartungen aller zu erfüllen. Du sagst nicht, dass du die Dinge nur sagst, damit du nicht verlierst, was du hast, oder zu haben glaubst. Du sagst nicht, dass du nicht weißt, wie du deine Gefühle deuten sollst. Du sagst nicht, dass du bereits in einer solchen Situation warst. Du sagst nicht, dass deine Berührungen nicht alleine ihr vorbehalten sind. Du sagst nicht, dass deine Liebe nur für sie ist.

Doch all die Dinge, die du sagst, sind wichtig. Auch die Dinge, die du nicht sagst. Es gibt noch etwas, das besonders bedeutend ist. Es sind die Dinge, die du tust. Du nimmst dir Zeit. Du zeigst deine ehrlichen Absichten. Du hältst deine Versprechen. Aber wenn du diese Dinge sagst und nicht tust, nicht umsetzt, was sind sie dann wert? Was bedeuten deine Worte, egal, ob du sie aussprichst, oder nicht? Wir konzentrieren uns zu oft auf deine Worte. Auf das, was du sagst und schenken dem, was du nicht sagst, zu wenig Aufmerksamkeit. Die Dinge, die du tust und die Dinge, die du nicht tust, werden von deinen Worten überschattet. Denn sie vertuschen, dass du die Dinge nicht umsetzt, die du eigentlich versprichst. Du gibst vor, dir Zeit zu nehmen. Du gibst vor, ehrliche Absichten zu haben. Du gibst vor, deine Versprechen zu halten. Du versprichst, deine Versprechen zu halten. Sie nicht zu enttäuschen. Aber du tust es nicht. Du sagst es. Oder eben auch nicht.

Bevor du schwörst, versprichst und Dinge sagst, die du nicht in die Tat umsetzt, denke über die Dinge nach, die du nicht sagst. Die Dinge, die du verschweigst. Warum sagst du sie nicht? Wovor hast du Angst? Welchen Nachteil hast du dadurch? Die Dinge, die du nicht sagst, sind die Dinge, die dich berühren, die dich ausmachen. Was du nicht sagst, das bist du.

Das Eselsohr in meinem Buch

Mein Leben ist ein Buch. Ein ziemlich dickes Buch mit vielen tausenden Seiten, mit hunderten Kapiteln und Sätzen. Mit Millionen von Wörtern, die mich ausmachen. Eingebunden in schwerem Leder, und versiegelt mit einem Schloss.

Manche Kapitel sind kurz und vollendet. Manche Kapitel sind lange und ausformuliert, bis ins letzte Detail. Mit den schönsten Worten über Farben, Düfte, Gefühle und Menschen. Mit Erinnerungen, die besonders nah ans Herz gingen und solche, die sich tief im Herzen eingenistet haben und ihren festen Platz für immer behalten.

Manche Seiten würde ich gerne neu schreiben. Denn sie sind entweder unvollendet, unausgesprochen oder es Wert, sie neu zu formulieren. Vielleicht habe ich manchen Seiten nicht genug Aufmerksamkeit geschenkt und manch anderen zu viel.

Dieses Buch ist nicht für jeden zu öffnen. Ein dickes Schloss sichert den Eingang zu all meinen Kapiteln ab. Manche werden diese Seiten nie zu lesen bekommen, manche wollen es auch gar nicht. Manche würden gerne, doch das Schloss ist eine zu große Aufgabe für sie. Und für manche springt dieses Schloss einfach auf. Für dich war ich immer ein offenes Buch. Jede Seite war dir bekannt, du musstest nicht mal in meinem Buch lesen, du musstest es nur durchblättern, um mich voll und ganz zu erfassen. Du musstest keine Lesezeichen zwischen die Seiten klemmen, weil es dir zu viel war, alles auf einmal zu lesen und du musstest keine Eselohren machen. Aber ich mache ein Eselsohr. In dem Kapitel, in dem du auftauchst.

Das Kapitel in dem du auftauchst, ist unverhältnismäßig lange. Für deinen relativ kurzen Auftritt in meinem Lebensbuch hast du dir unheimlich viel Platz genommen. Und gleich zu Beginn ist eine Ecke umgebogen. Ein Eselsohr, das niemand mehr wegbiegen kann. Ich würde gerne einige Dinge in deinem Kapitel neu schreiben. Denn nicht alles, was darin steht, ist vollkommen. Und schon gar nicht das

Ende. Es gibt kein Ende. Eine unvollendete Geschichte, die immer zwischen uns sein wird. Eine wunderschöne Geschichte über Liebe und Perfektion, über Glück und Gefühl. Eine Geschichte für immer.

Ich würde gerne ein Ende für diese Geschichte schreiben. Aber sie ist noch nicht so weit. Diese Seiten bleiben noch leer in der Hoffnung, dass das Schicksal irgendwann ein Ende für diese Geschichte findet. Hinter diesem Eselsohr befinden sich viele Worte, viele Seiten mit deiner – unserer – Geschichte. So vollkommen und doch voller Fehler. So fremd und doch so vertraut. Du hast dir einen Platz in diesem Buch verdient. Und ich schenke ihn dir gerne. Und die Geschichte ist es Wert, fortgeführt zu werden. Vielleicht wird es Fiktion sein, vielleicht aber auch nicht. Vielleicht geht diese Geschichte weiter, aber vielleicht bleibt sie unvollendet. Es liegt an uns, wie wir diese Seiten füllen.

Ob das Eselsohr eine unvollendete Geschichte markiert. Mein Buch bleibt immer offen für dich. Auch, wenn ich das Schloss wieder fest verschließe.

Nein sagen

Es ist schwierig, zu etwas Nein zu sagen, das man haben möchte. Das einem gefällt. Und an das man viel denkt. Es ist schwierig, Nein zu jemandem zu sagen, der einem am Herzen liegt. Ein Mensch, der einem wichtig ist, dem sollte man nicht Nein sagen müssen. Doch, wenn dieser Mensch gar nicht versucht, mehr zu erreichen. Wenn man gar nicht gezwungen wird, Nein zu sagen, sondern sich nur ein bisschen zurück halten müsste. Du hättest Nein zu mir sagen können. Du hättest Nein zu mir sagen müssen.

Alles, was wir tun, alles was wir sagen und andeuten, hat Folgen. So wie man sagt, dass der Flügelschlag eines Schmetterlings auf der anderen Seite der Welt einen Sturm auslösen kann. Nur ein kleiner Wimpernschlag, kann zu großem Gefühlschaos führen. Eine unscheinbare Geste kann Liebe auslösen. Eine Berührung kann unendliche Sehnsucht bedeuten. Menschen müssen sich verhalten, nicht so wie es von anderen erwartet wird, sondern so, wie sie selbst möchten, dass man ihnen begegnet. Wir müssen uns verhalten, so wie wir es für richtig empfinden. Doch manchmal ist das, was sich richtig anfühlt, vielleicht gar nicht so richtig. Möglicherweise auf einer Ebene, die sonst niemand verstehen kann.

Du hättest Nein zu mir sagen können. Du hättest die Geschichte nicht umschreiben müssen, nicht umlenken müssen, du wärst nie in eine Zwickmühle gekommen. Du hättest nur Nein zu mir sagen müssen. Obwohl ich dich nie vor ein Ultimatum gestellt hätte. Du hättest es nie aussprechen müssen. Dieses Nein, hättest du nur für dich bewahrt, eine Entscheidung, die kein anderer Mensch auf dieser Erde erkannt hätte. Ich hätte sie gefühlt. Wie so viel anderes. Aber ich hätte deine Entscheidung hingenommen und hätte meine Truhe weiter mitgenommen auf meine Reise. Du hättest deine Gefühle zu den meinen sperren können, in die Truhe mit dem dicken Schloss. Wir hätten sie gemeinsam verschließen können und das wundervollste Gefühl der Einzigartigkeit für immer konserviert. Wir hätten gemeinsam diesen Schritt gehen können.

Aber du hast Ja zu mir gesagt. Du hast jeden Tag aufs Neue Ja zu mir gesagt. Du hast mir gezeigt, dass dein Ja definitiv ist, dass du dir sicher bist, dass das alles richtig ist. Ich habe dir geglaubt. Und nun haben wir die Folgen dieser Handlungen auf dem Tisch. Zwei unglückliche Menschen, vielleicht sogar drei, vier oder fünf. Die jeden Tag mit dem Wissen aufwachen, dass etwas im Raum steht, was man nie wieder entfernen kann.

Du hättest Nein zu mir sagen können. Aber ich danke dir, dass du Ja zu mir gesagt hast. Ich danke die für alle Jas, die du gesagt, getan und gefühlt hast. Ich danke dir. Denn dieses Ja hat mir gezeigt, dass auch ich etwas Besonderes sein kann. Selbst für jemanden, der schlussendlich Nein zu mir gesagt hat.

Was ich will

Gänsehaut. Weil etwas schön ist. Weil sich etwas gut anfühlt. Auch wenn es nur ein Gedanke ist. Vielleicht ein Blick, eine Berührung, oder die Realität. Das ist die erste Antwort, die mir einfällt, während ich mir die Frage stelle: Was will ich?

In meinen Ohren stecken weiße Ohrstöpsel und eine Sängerin jagt mir mit ihrer Stimme einen Schauer über den Rücken. Genau das. Ja! Genau das will ich! Ich will Gefühle erleben, die mir einen Schauer über den Rücken jagen, die auf der Haut prickeln und die Haare auf meinen Armen aufstellen. Ich liebe dieses Gefühl, wenn ich mich nicht dagegen wehren kann, dass sich meine Schulterblätter aufeinander zu bewegen. Ich liebe das Gefühl, das entsteht, wenn ein Blick sich durch meinen bohrt, und mich fühlen lässt, dass dieser Blick nicht das Gesicht sucht, sondern all das, was dahinter steckt. Das Gefühl, wenn jemand nur mit der Fingerspitze meine Haut berührt und ein Blitz durch meinen Körper fährt. Ich liebe das Gefühl, wenn ich am Meer stehe und mir die Arme um den Körper schlinge, weil die Brise meine Haut kühl küsst und wenn ich dabei grinsen muss, weil ich weiß, dass der Ozean mich versteht. Dass der Ozean geduldig mit mir ist und jedes Lächeln sowie jede Träne von mir aufnimmt, ohne Fragen zu stellen. Ich liebe das Gefühl, nach dem Sport durchatmen zu können und meinen Kopf in den Nacken zu legen, mit dem Wissen, etwas geschafft zu haben. Ich liebe das Gefühl der Gänsehaut.

Manchmal muss man selbst etwas dazu beitragen, diese Gänsehaut-Gefühle zu erreichen. Und das bedeutet, große Gefühle zulassen zu können. Risiken eingehen zu wollen. Mut zu zeigen. Denn wenn man große Gefühle will, muss man Großes riskieren. Man muss in der ersten Reihe stehen und die billigen Plätze hinter sich lassen. Ich will verletzlich sein, nicht um verletzt zu werden. Sondern um zu beweisen, dass ich den Mut habe, jemanden in meine Seele blicken zu lassen. Mich voll und ganz zu kennen und wenn er möchte, mich auch dafür zu lieben. Die blauen Flecken, Abschürfungen und Bruchstellen, die sich die Seele dabei holt, nehme ich in Kauf. Muss ich wohl. Verletzlichkeit kennt keine Sieger oder Verlierer. Es ist keine Schwäche, es ist unglaublicher Mut. Sich einzugestehen, dass man das zulässt, was man wirklich will. Gänsehaut.

Es reicht nicht, das Leben aus sicherer Distanz zu beobachten. Wer will schon Zaungast im eigenen Leben sein? Und wer mitten im Leben steht, fällt hin. Holt sich blaue Flecken, Verletzungen. Sollen wir uns deshalb zurückhalten? Darauf habe ich keine Lust. Eine halbherzige Freundschaft, ein halbherziges Hobby, eine halbherzige Liebe? Auf keinen Fall.

Ganz oder gar nicht. Und klarerweise frage ich mich manchmal, ob ich wieder an einen bestimmten Punkt im Leben zurück kann. Fehlanzeige. Dieser Punkt hat ein Ablaufdatum, ebenso wie genau dieser Moment. Denn morgen bin ich schon nicht mehr dieselbe Person, wie heute. Gestern war ich ein anderer Mensch, als heute. Und alles zuvor ist tief verankert in meiner Erinnerung, als ich eine andere Person war.

Gänsehaut. Genau das ist es, was ich suche. Wenn ich an einer Blume rieche, wenn ich ein Konzert besuche, ein schönes Kleid anziehe, wenn ich die Sonnenstrahlen auf meinem Gesicht spüre. Ich will es alles. Und zwar alles auf einmal. Hochmut? Ach was. Ich bin es mir wert, dass ich für mich nur das Beste will. Alles. Tiefe Gefühle. Große Liebe. Unvorhersehbare Risiken, als Begleiterscheinung. Ich muss es in Kauf nehmen. Für die Gänsehaut. Denn ohne Gänsehaut würde der Bach des Lebens einfach nur dahinplätschern. Ohne Stromschnellen, ohne Neigung, ohne Steigung, ohne Kurven und Änderung des Wasserstandes. Und manchmal muss das Wasser so kalt sein, dass der kleine Zeh darin schon ausreicht, mir eine Gänsehaut über den ganzen Körper zu jagen.

Ich habe es den Sternen erzählt

All die Dinge, die ich dir nicht mehr erzählen kann. Die ich dir nicht mehr sagen darf. Ich habe sie den Sternen erzählt. Sie waren geduldig und haben zugehört. Sie haben nicht gewertet oder verurteilt. Sie haben einfach nur zugehört und waren da für mich.

Ich habe es den Sternen erzählt. Wie es sich ganz innen drinnen anfühlt. Und wie ich es nach außen zeige. Ich habe ihnen erzählt, dass ich nicht an dich denken darf, und dass ich bei jedem Blick in den blauen Himmel deine Augen vor mir sehe. Dass ich am Horizont sehe, wie wir hier gemeinsam sind, wie wir das Meer in uns aufnehmen und den Wellen lauschen.

Ich habe ihnen erzählt, dass du mir furchtbar fehlst und sie haben es verstanden. Sie haben nicht mit den Augen gerollt oder genervt das Thema gewechselt. Sie haben den Moment mit mir akzeptiert und gespürt. Sie haben gelächelt, als ich alle anderen weggeschickt habe.

Ich habe den Sternen erzählt, wie ich glaubte, dich zu sehen und mein Herz zu rasen begann. Wie ich dachte, verrückt zu werden und mir selbst gesagt habe, dass es okay ist.

Ich habe ihnen erzählt, dass ich bei diesem Lied weggegangen bin. Der Bühne den Rücken gekehrt habe und mir ein anderes herbeigewünscht habe. Eines, das mich nicht an dich erinnert.

Ich habe den Sternen erzählt, dass ich eine Laterne steigen lassen und den Himmel mit Licht gefüllt habe. Ich habe ihnen erzählt, dass ich dich im Traum immer noch sehe. Dass du mir manchmal sehr nahe bist und ich das Gefühl habe, deine Gedanken zu teilen.

Ich habe den Sternen erzählt, dass ich Angst habe, dass du mich vergisst. Dass diese Angst viel größer ist, als alles andere. Dass du aufhörst, an mich zu denken. Dass du die

Erinnerung an uns wegschickst und verbannst. Sie haben mich verstanden. Und doch konnten sie mir keine Antwort geben. Sie schickten mir etwas Licht in der dunklen Nacht. Und ließen mich sprachlos zurück.

818 Meilen

Du warst 818 Meilen entfernt von mir. Ganze 818 Mei- len lagen zwischen dir und mir. Und es fühlte sich an, als würde kein Blatt Papier mehr zwischen uns Platz haben. Es ist Liebe, wenn Haut an Haut nicht nahe genug ist. Es ist Liebe, wenn 818 Meilen egal sind. Wenn man den anderen perfekt findet und selbst die kleinen Fehler als Perfektion betrachtet. Wenn man den gleichen Mond und die gleichen Sterne betrachtet und 818 Meilen dazwischen liegen und man sich dennoch vereint fühlt. Wenn die Verrücktheit des anderen über einen Ozean zu spüren ist, die Angst den anderen mitten in der Nacht erreicht und einem die Brust zuschnürt. Wenn man die Freude des anderen fühlt, obwohl eine komplette Flugstrecke dazwischen liegt. Es ist Liebe, wenn man über 818 Meilen die Sonne in der Seele des anderen scheinen lässt, wenn ein Lächeln so spürbar ist, dass es ganz egal ist, ob draußen die Wolken den Himmel verdunkeln.

818 Meilen waren es, die dich von mir getrennt haben. Und doch waren wir uns so nah wie nie zuvor. Aber auch so nah, wie nie mehr danach. Körperliche Nähe ist wichtig und ist uns ein Bedürfnis. Doch viel wichtiger ist uns die emotionale Nähe. Das, was wir vom anderen fühlen. Wir haben einen neuen Rhythmus für uns erfunden, und dazu getanzt, so lange das Lied unseres war. So lange diese 818 Meilen zwischen uns waren. Du warst mir so nah. Ich habe dich gefühlt. Ich wusste es, wenn du traurig warst. Ich wusste es, wenn du wütend warst. Ich wusste es, wenn du unsicher warst. Aber ich wusste auch, wenn du glücklich warst. Wenn du dein Glück nicht fassen konntest und die 818 Mei- len verflucht hast, weil du nicht bei mir sein konntest. Und doch haben diese 818 Meilen so vieles in uns ausgelöst.

Sie sind zu unserer Nähe geworden. Sie haben uns einander näher gebracht, ganz nah, untrennbar gemacht. Diese 818 Meilen waren egal. Denn ich wusste, was ich fühlte. Ich wusste, dass du auf mich warten würdest, bis ich wieder zurück war. Ich wusste, dass du meine Zeichen bekommen würdest. Ich wusste, dass du mich fühlst, selbst wenn du nicht bei mir warst. Selbst wenn du nichts von mir hörtest, selbst wenn dein Kopf nicht bei mir war. Denn dein Herz war es. Es war immer da.

818 Meilen, die ein wundervolles Geschenk waren. Denn ohne sie hätten wir nie den Mut gehabt, auszusprechen, was wir füreinander empfinden. Auszusprechen, wie magisch es war, jemanden zu haben, der einen versteht, der einen begehrt. Jemanden, der die allerbeste Version in einem sieht und sie auch aus einem macht. Du hast mich zu meiner allerbesten Version gemacht. Du hast mich stark gemacht. Ohne physischen Kontakt, hast du mein Herz berührt, meine Seele gestreichelt und meine Liebe zu dir erweckt.

818 Meilen, die mir das schönste Geschenk gemacht haben. Dich. Und ich bin sicher, irgendwann wird es einen Song geben, der sich „818 Miles" nennen wird. Ich weiß nur nicht, ob er von mir oder von dir geschrieben wird. Vielleicht auch von beiden.

Schwer zu lieben

Sie fragte sich, Tag und Nacht, was sie wohl falsch gemacht hatte. Sie suchte nach Fehlern, analysierte Unterhaltungen und ging jedes Detail durch. Was hatte sie übersehen? Was hat es für ihn so schwer gemacht, sie zu lieben? War es so schwer, sie zu lieben?

Für sie war es so leicht, ihn zu lieben. Es hat sich so einfach angefühlt, es war einfach da. Sie musste sich nicht bemühen, verstellen oder schauspielern. Sie war einfach nur sie und es hat funktioniert. War er nicht er selbst? Hatte er ihr etwas vorgemacht? Sie konnte es nicht fassen. Es war alles so einfach und er schwor, dass es auch für ihn einfach war. Doch plötzlich war alles so schwer geworden. Wollte er sie nicht mehr lieben? Und wenn ja, warum? Warum sagte er plötzlich, dass es schwer wurde, sie zu lieben, wenn einen Tag zuvor noch alles so einfach erschien?

Sollte sie kämpfen? Sollte sie ihm beweisen, dass es nach wie vor einfach war? Dass ihre Liebe es wert war, darum zu kämpfen. Doch sie wollte nie einen Kampf. Warum sollte es plötzlich ein Kampf sein? Warum muss man um etwas kämpfen, dass so offensichtlich war? Etwas, das so unvermeidbar war, dass es nichts anderes auf der Welt gab, das logischer und klarer war? Sie wollte nicht kämpfen. Denn sie wusste, dass es richtig war. Sie wusste, dass diese Liebe echt war, dass es keinen Grund gab, dafür kämpfen zu müssen. Es war Liebe. Und um Liebe muss man nicht kämpfen. Sie ist einfach, sie passiert und ist unvermeidbar. Unvermeidbar schön.

Sie muss der Liebe nicht nachlaufen, denn die Liebe würde nicht davonlaufen. Was war nur schiefgelaufen? Was hatte sie falsch gemacht? In ihren schlaflosen Nächten ging sie ein Detail nach dem anderen durch, sie versuchte, sich in vergangene Situationen hineinzuversetzen. Was ging nur in ihm vor? Was war es, das ihn plötzlich an ihrer Liebe zweifeln ließ? Hatte er nicht geschworen, sie für immer zu lieben? Hatte er ihr nicht versichert, dass es genau sie war, die ihn vollkommen werden ließ? Hatte er nicht versprochen, dass er für immer bei ihr sein würde? Dass sie eine gemeinsame Zukunft hätten, wie sie es sich immer schon gewünscht hatten?

War es so schwer, sie zu lieben? War es so schwer, bei ihr zu bleiben? War es so schwer, von ihr geliebt zu werden? Vielleicht sollte man sich von Menschen fern halten, die es schwer finden, die Liebe zu erwidern. Die ihre Liebe von einem Moment zum anderen ändern können. Vielleicht sind diese Menschen nicht gut für einen. Denn es darf nicht schwer sein, jemanden zu lieben. Es ist nicht schwer, dich zu lieben.

Der geheime Garten

In einem geheimen Garten blühten unzählige Blumen. Sie leuchteten in allen Farben und wuchsen zum Himmel empor. Sie reckten sich um die Wette, wer dem Himmel wohl am nächsten komme und wer seine Pracht am größten zur Schau stellen könnte. Mitten im Blumenmeer standen zwei Bäume. Sie standen nicht sehr weit auseinander, und doch berührten sich ihre Äste nicht. Nur im Sommer, wenn beide Bäume eine grüne Blätterpracht trugen, berührten ein paar Blätter die Blätter des anderen Baums. In dieser zarten Berührung verschränkten sie sich und sie versuchten mit aller Kraft noch näher zum anderen zu wachsen. Sie genossen ihre Gesellschaft so sehr, dass sie den Herbst fürchteten, sich wünschten, der Sommer würde nie vorübergehen. Sie wollten sich weiter berühren, ihre Blätter weiter wachsen und gedeihen lassen, um sich irgendwann gegenseitig mit ihren Ästen umarmen zu können.

Rundherum blickten die bunten Blumen auf die Bäume. Und ehrlich gesagt fanden die Blumen die beiden Bäume eher langweilig. Sie hatten keine farbenfrohen Blüten und ihre Formen waren ganz einfach. Ein dicker, brauner Stamm mit vielen Ästen und grünen Blättern. „Wir sind viel schöner", sagen die Blumen laut im Chor und blickten verstohlen zu den beiden Bäumen empor. Doch die Bäume ließen sich von diesem Geschwätz nicht beirren. Sie sammelten ihre ganze Kraft und vereinten ihre Blätter und Äste.

Dann kam der Herbst. Die Blätter, die einst so grün leuchteten, wurden braun und fielen langsam zu Boden. Die dünnen Äste brachen ab und landeten auf der grünen Wiese unter ihnen, die von der Nässe des Herbstes getränkt war. Die Bäume waren traurig, weil sie sich nicht mehr vereinen konnten. Nun standen sie wieder da. Nebeneinander. Getrennt voneinander. Isoliert. Die Blumen verwelkten und machten Platz für die grünen Grashalme, die sich noch einmal am Herbstregen labten und auf den sicheren Winter warteten.

Als der Schnee den Boden bedeckte, und der Winter bereits seine weißen Spuren hinterlassen hat, und als auch die Bäume mit weißem Zucker bestreut waren, kitzelte es plötzlich. Einer der Bäume war ganz erstaunt, denn dieses Gefühl war ihm neu. Er wurde gekitzelt, doch woher kam dieses Kitzeln? Der Baum blickte zu dem anderen Baum hinüber, der stumm und still da stand, und grinste. Schonwieder ein Kitzeln! Woher kommt das nur?

Da flüsterte der andere Baum: „Es ist nicht wichtig, dass alle sehen, dass wir im Herzen vereint sind." Doch der andere Baum verstand nicht. „Unsere Wurzeln wachsen nun gemeinsam. Sie sind vereint, unsichtbar von allem anderen, unter der Erde, dort wo unsere Verbundenheit niemand sehen kann. Doch sie ist da, und sie ist noch viel stärker, als alles andere, das sichtbar ist. Es ist egal, was die anderen denken oder sagen. Wir sind vereint. Für immer. Denn unsere Wurzeln sind eins. Wir sind eins." Der andere Baum staunte und fühlte nochmal ganz tief in seine Wurzeln.

Schonwieder dieses Kitzeln. Und nun kitzelte der Baum zurück. Der andere Baum lachte leise und sagte: „Psst, es ist unser Geheimnis. Niemand kann uns unsere Verbundenheit nehmen. Sie wird für immer sein. Auf ewig."

Die Gefahr des Schreibens

Wenn du mit jemandem sprichst, dann siehst du ihn dabei an. Du blickst ihm in die Augen, liest seine Mimik, siehst wie seine Gesichtszüge sich bewegen. Du siehst seine Körperhaltung und erkennst, ob er angespannt oder locker ist, merkst, ob das Thema angenehm oder kompliziert ist. Du siehst an der Reaktion seiner Augen, wie er zu dem Thema steht und ober es ehrlich meint, ob es an ihm vorbei geht oder ihn berührt. Und selbst wenn du ihn nicht siehst, wenn du nur die Stimme hast, um eine Stimmung zu deuten, ist es einfacher. Du hörst den anderen atmen, du nimmst seine Pausen wahr, wenn er überlegt, bevor er antwortet, oder wenn er nach Worten sucht. Du hörst ihn sich räuspern, oder kichern, seufzen oder mit einfachen Lauten zustimmen oder ablehnen, was du soeben gesagt hast. Eine direkte Reaktion. Kostbar, unbezahlbar und in manchen Fällen einfach nicht möglich.

Schreiben ist deshalb so gefährlich, weil man diese Reaktionen nicht erhält. Man kann sich nie sicher sein, dass die eigenen Worte so gelesen werden, wie man sie gemeint hat. Selbst wenn man mit neumodernen Smileys und Emoticons Nachrichten verschickt, kann man den Tonfall des anderen nie exakt deuten. Meint er es lustig? Meint er es ernst? Ist die Beschwerde ernst gemeint, oder will er mich aufs Korn nehmen? Will er ein schwieriges Thema verharmlosen, oder ist es wirklich nicht so schwerwiegend? Wenn man mit seinen Worten jemanden erreichen will, dann müssen sie aus tiefstem Herzen kommen. Denn nur dann kann eine Nachricht wahrhaftig und ehrlich ausgedrückt werden. Und selbst wenn die Fertigkeit der Wortakrobatik nicht ausreicht, ist dies die beste Strategie. Aber auch dann kann man nie wissen, wie die geschriebenen Worte ankommen. Der Tonfall wird missinterpretiert, die Situation, in der sich der Leser befindet, korreliert mit jener des Autors, die Ohren und Stimmen passen nicht zueinander. Vielleicht nicht in diesem Moment. Vielleicht niemals.

Soll man deshalb aufhören zu schreiben? Niemals. Denn das Schreiben hilft einem, Dinge in Worte zu fassen, die sonst nur schwer vermittelbar sind. Gefühle, Stimmungen, Atmosphären. Und wenn es keine Worte gibt, dann überlegt man sich welche. Und wenn deine Worte mit dem falschen Ohr – oder im Falle der geschriebenen Sprache – mit dem falschen Auge aufgenommen werden, so liegt es nicht an dir. Es liegt immer an der Situation des Empfängers. Wer weiß schon, was sich Goethe oder Shakespeare dabei dachten, als sie ihre Werke schrieben? Wer weiß schon, welcher Ursprung sich hinter den Geschichten von Heming- way verbirgt? Wer weiß schon, ob die unzähligen Romane, die die Regale in den Buchhandlungen füllen, tatsächlich erfundene Geschichten sind, oder nicht doch auf einer wah- ren Gegebenheit beruhen? Wer weiß das schon?

Die Wahrheit weiß nur der Autor selbst. Er lebt mit der Gefahr, dass seine Worte falsch ankommen, dass er falsch oder gar nicht verstanden wird. Er lebt damit, dass seine Kreation nur in seinem Kopf die Wahrheit erhält, die sie verdient. Das Werk eines Schreibers kann nie wirklich ergründet werden. Denn aus Wahrheit wird Fiktion, aus Fiktion wird Wahrheit. Und selbst ein Autor fühlt sich mal im falschen Film. Immer mit der Gefahr, dass die eigenen Worte missverstanden werden. Womöglich immer. Und immer wieder.

ODE AN DIE KREATIVITÄT

Du bist schon da, so lang, ganz nah.

Du machst dich manchmal sogar rar.

Du brennst in mir und zeigst mir mehr.

Du forderst mich und pumpst mich leer.

Ohne dich wär so mancher Abgrund näher gerückt.

Ohne dich, hätt ich meinen Kummer unterdrückt.

Deine Kraft, die wächst in mir, sobald ich meine Finger rühr.

Sobald ich meine Stimme heb, und mit dir im Einklang leb.

Mit Wort und Melodie bist du bei mir,

und dafür dank ich dir.